Un paradis
sous les Tropiques

RACHEL FORD

Un paradis
sous les Tropiques

COLLECTION AZUR

Cet ouvrage a été publié en langue anglaise
sous le titre :
CLOUDED PARADISE

ⓗ et **HARLEQUIN** sont les marques déposées de
Harlequin Enterprises Limited au Canada
Collection Azur est la marque de commerce de
Harlequin Enterprises Limited.

1.

L'eau était incroyablement claire, verte, presque transparente. Des vagues caressaient paresseusement le sable fin de la plage, sous le soleil lumineux des Caraïbes. L'homme était seul sur la plage. Il s'adossa au tronc rugueux d'un palmier, faisant courir avec agilité ses doigts fins et bronzés sur les mailles d'un filet de pêche. Mais ses pensées restaient sombres et il ne semblait pas voir le merveilleux paysage qui l'entourait.

Le bruit d'une voiture le ramena à la réalité. Ebloui par le soleil de fin d'après-midi, il mit sa main en écran devant ses yeux et vit une vieille Mini jaune descendre à toute allure la piste qui menait à la plage, soulevant un nuage de poussière blanche qui montait en fumée et restait en suspension dans l'air clair.

L'homme prit un air agacé. Un peu auparavant, il avait entendu un avion atterrir sur l'aéroport de l'île, à huit kilomètres de là. Et déjà l'une des vieilles voitures de location de l'agence *Sunshine Self-Drive* arrivait, vraisemblablement surchargée de touristes ivres de joie à la perspective de passer leurs vacances aux Caraïbes, ivres de soleil, mais surtout ivres de rhum, car l'on distribuait force punchs gratuits à l'aéroport.

La voiture ralentit et rebondit avant de s'immobiliser, à moitié dissimulée par les broussailles et un buisson de laurier-rose. L'homme se raidit, se préparant à entendre des cris, des claquements de portière. Mais tout demeurait silencieux. Peu à peu, la poussière retomba.

Catherine coupa le contact et ferma les yeux, laissant ses mains posées sur le volant. Comme elle était fatiguée... Trop énervée, elle n'avait pas réussi à fermer l'œil entre Heathrow et Kingston. Une fois arrivée à la Jamaïque, elle avait changé d'avion et avait pu sommeiller un peu pendant la dernière partie du voyage. Elle s'appuya au dossier de son siège. Comme toujours, la chaleur intense et les couleurs éclatantes lui semblaient pénétrer jusqu'au plus profond de son être. Par la vitre baissée l'odeur familière de l'île lui monta aux narines, une odeur de fleurs tropicales et de feuillages, de terre brûlée par le soleil, et d'air marin. Alors elle commença à se détendre.

Sans enthousiasme, elle se pencha en avant pour remettre le contact. Son geste demeura en suspens. Elle n'était pas pressée d'aller en ville. Son oncle Bob, qui n'espérait vraisemblablement pas de réponse à sa lettre avant plusieurs jours, s'attendait encore moins à la voir en chair et en os! Elle sourit, s'imaginant l'expression de son oncle lorsqu'elle apparaîtrait devant lui. Il l'accuserait certainement d'avoir agi de manière impulsive. Mais cette lettre lui avait donné le prétexte qu'elle cherchait, presque inconsciemment, pour retourner à Saint-Hi-

6

laire. Elle aperçut son reflet dans le rétroviseur et son sourire disparut. Que dirait sa tante Lu en lui voyant ce visage blême et ces yeux cernés ? Les minuscules taches de rousseur qui parsemaient son nez accentuaient encore sa pâleur.

Elle s'empara de ses lunettes de soleil et, en les mettant, aperçut le scintillement bleu et or de la mer à travers les broussailles. Mue par une soudaine impulsion, elle s'agenouilla sur le siège et fouilla dans la petite valise qu'elle avait jetée à l'arrière jusqu'à ce qu'elle y trouve son bikini fushia. Ravie, elle ôta son chemisier et sa jupe en coton rouge et s'empressa d'enfiler son bikini.

Elle sortit de voiture et jeta un coup d'œil au panneau suspendu au tronc noueux d'un vieux cotonnier. La chaleur tropicale et la pluie avaient pâli l'inscription. Mais on pouvait encore la lire : *Plage de corail — A vendre, parcelles de 1000 m2.* Suivait le nom d'un agent immobilier. Sur une planche fixée par un clou rouillé on avait griffonné ces mots : *Toutes les parcelles sont vendues.* Quelques-unes, autrefois, avaient été délimitées par des piquets métalliques et des chaînes mais l'air de la mer s'était chargé de faire rouiller tout cela.

Le chagrin assombrit soudain les yeux de Catherine. Puis elle enfila ses chaussures en cuir à hauts talons pas très indiquées pour la plage, mais elle ne voulait pas prendre le risque de marcher pieds nus sur un scorpion endormi au soleil. La jeune fille prit le sentier qui serpentait à travers les buissons.

Elle contourna le dernier fourré et se trouva devant une petite plage de sable blanc en forme de croissant, bordée de chaque côté par de sombres rochers aux arêtes vives. A distance, descendant en pente douce vers la mer, on apercevait les collines boisées. La ligne d'horizon, d'un bleu-vert pâli, miroitait dans la chaleur de l'après-midi. La mer, d'abord couleur turquoise, fonçait peu à peu jusqu'à prendre une teinte presque violette au niveau du récif de coraux.

« J'ai eu raison de revenir », se dit-elle, soudain avec exaltation. « C'est chez moi, ici. »

Au bout de la plage, assis à l'ombre d'un bosquet de palmiers se tenait un homme. Un pêcheur, sûrement. Lequel? De loin, elle n'aurait su le dire. Des années auparavant, son père avait ouvert une école du soir destinée aux adultes illettrés de l'île. Tous les pêcheurs s'y étaient inscrits et Catherine avait appris à les connaître, sinon de nom, tout au moins de vue.

L'homme leva la tête et la fixa. Elle agita la main, mais il se contenta de la toiser avant de reprendre son travail. Ce bref coup d'œil avait suffi à Catherine pour comprendre qu'elle se trouvait devant un étranger et devant un habitant de l'île. Déconcertée par la réaction de l'inconnu, elle eut soudain l'impression que le soleil était moins chaud. Puis elle haussa les épaules. Il n'était pas d'humeur à bavarder? Eh bien, elle non plus!

Sans lui accorder un autre regard, elle fit tomber ses lunettes de soleil sur le sable et se débarrassa de ses chaussures d'un coup de pied avant de courir sur la mer. Elle fendit les premières vagues, s'éclaboussant d'écume, pataugeant dans l'eau peu profonde, heureuse d'en sentir la fraîcheur sur sa peau brûlante. Elle plongea et replongea à travers les lames avant d'émerger, haletante. Elle rejeta ses cheveux en arrière et se tourna vers l'étranger. Mais, toujours penché vers son filet, il ne lui prêtait aucune attention. Catherine se sentit soudain piquée au vif. En général, les hommes la trouvaient jolie. Et même si elle n'avait aucune vanité, l'indifférence de celui-ci la vexait.

En nageant, elle s'était rapprochée de lui. Elle se retourna, s'apprêtant à faire demi-tour. Mais au lieu de repartir dans le sens inverse, elle s'arrêta. Une lueur malicieuse brillait dans ses yeux. « D'une manière ou de l'autre, je veux obtenir une réaction de sa part ! » se dit-elle. « Même si je dois lui envoyer du sable dans la figure. » Elle sortit de l'eau et se dirigea vers les palmiers, traînant les pieds dans le sable fin. Comme elle s'approchait, elle se sentit brusquement gênée. Car l'inconnu avait l'air de plus en plus hostile... Il savait forcément qu'elle était tout près de lui, et cependant il continuait à l'ignorer.

Les mains sur les hanches, elle l'examina avec curiosité. Un vieux chapeau de paille dissimulait presque complètement son visage. Il l'avait incliné de telle façon que l'on apercevait seulement ses cheveux noirs en broussaille et la ligne arrogante de sa mâchoire. Sans vraiment le vouloir, Catherine se surprit à suivre les mouvements de ses mains hâlées sur les mailles déchirées du filet.

Enfin, elle se sentit obligée de rompre le silence — un silence indifférent d'une part, gêné de l'autre —, et s'éclaircit la gorge.

— Euh... bonjour !

— Bonjour, répondit-il, sans même lui adresser un coup d'œil.

— Vous avez des ennuis avec votre filet ?

Quelle phrase banale ! Elle faillit éclater de rire en s'entendant parler. Mais au moins elle avait obtenu un résultat! Lentement, l'homme releva la tête et, sans hâte, la scruta de ses prunelles grises. Il prit tout son temps pour détailler le visage ovale de la jeune fille, ses grands yeux mordorés, et les cheveux blond foncé qui, trempés, adhéraient à son cou et à ses épaules. Son regard s'arrêta enfin sur ses seins ronds avant de descendre vers la courbe de ses hanches. Il la fixait d'un air tellement provocant que Catherine recula d'un pas. Elle avait l'impression que ce regard était une caresse et qu'il avait vraiment levé la main pour la toucher. Dans un geste de défense instinctif, elle croisa les bras sur ses seins.

Le rouge lui monta aux joues. Mais, déjà, le pêcheur avait repris son travail. Elle eut l'impression d'être congédiée avec dédain. Tout dans l'attitude de l'homme lui disait qu'elle ferait mieux de partir. Mais Catherine était très têtue. Aussi reprit-elle d'une voix mélodieuse :

— Vous n'êtes pas de Saint-Hilaire, n'est-ce pas?

— Et comment avez-vous deviné? interrogea-t-il, sarcastique.

Elle ne se méprit pas sur l'accent.

— Vous êtes anglais!

— Peut-être.

Après un silence, il ajouta brusquement :

— Vous aussi, vous êtes anglaise.

C'était pour Catherine l'occasion de tourner enfin la situation à son avantage. Elle eut un petit rire.

— Oh, non! Quelle idée...

Délibérément, elle avait adopté l'accent chantant de l'île. Mais quand l'homme lui jeta un coup d'œil perçant, elle se détourna, soudain confuse. Un silence pesa. Mais Catherine n'avait pas abandonné la partie.

— Vous êtes en vacances?

— Non, rétorqua-t-il d'un ton cassant.

— Vous vivez ici? s'étonna-t-elle. Où?

— Oh! Dans le coin...

D'un geste large, il engloba la moitié des Caraïbes. L'irritation de Catherine augmenta encore. « Très bien, très bien! » se dit-elle. « Continuez! »

Sans la regarder, il déclara:

— A propos, vous devriez faire attention lorsque vous vous baignez. La semaine dernière, nous avons eu une tempête venant du nord. Et à la suite de cela, j'ai aperçu deux requins dans le lagon.

Stupéfaite, Catherine ouvrit la bouche.

— Eh bien, merci de me l'apprendre — maintenant! s'exclama-t-elle.

— Inutile d'en faire un drame. Les requins sont bien nourris par ici. Si vous croyez qu'ils vont s'intéresser à une petite blonde...

— Je vous en prie, ne me racontez pas d'histoires de ce genre, coupa-t-elle, oubliant l'accent de l'île. Toute mon enfance en a été bercée et si je n'y croyais pas quand j'avais cinq ans, ce n'est pas maintenant que je vais être dupe!

— Vous avez été élevée ici? Vous vivez ici?

Elle imita pour lui répondre le ton désinvolte qu'il avait adopté un peu plus tôt quand elle lui avait posé la même question.

— Oh! De temps en temps..., lança-t-elle avec un haussement d'épaules négligent.

Si l'espace d'un instant il avait paru s'intéresser à elle, c'était déjà fini. Rassemblant son filet, il se mit debout. Catherine le regarda du coin de l'œil et s'étonna de le

voir aussi musclé, aussi bronzé. Aussi grand, surtout...
En le voyant accroupi au pied du palmier, elle ne s'était
pas rendue compte de sa taille. Il se mouvait avec une
grâce surprenante. Mais Catherine l'avait déjà jugé:
avec son chapeau de paille tout effrangé, son jean délavé
et rapiécé coupé en short, sa suprême désinvolture, cet
homme était l'un des innombrables bons à rien qui
envahissaient les îles, en quête d'une existence sans
souci et surtout sans effort. Le soleil, la mer, le far-
niente...

— Je ne pensais pas que vous étiez de Saint-Hilaire,
remarqua-t-il. Je vous avais prise pour une touriste.

Il parlait d'une voix calme, réfléchie. Elle leva les yeux
et s'aperçut qu'il avait rejeté son chapeau en arrière. Il
l'examinait. A son tour, elle l'observa. Son visage, en
dépit d'une barbe de trois jours, exprimait beaucoup
d'intelligence et de vivacité. De l'humour, aussi. Un
humour sardonique, peut-être, mais c'était de l'humour
malgré tout. Catherine eut l'intuition qu'elle se trouvait
devant un homme différent. Non, il ne ressemblait pas
du tout aux hippies qu'elle avait si souvent vus, étant
enfant, traîner dès le petit matin autour des minables
bistrots à rhum des quartiers pauvres de la ville.

Comme s'il avait deviné le cours de ses pensées, il lui
opposa un regard impénétrable, tandis que son expression se durcissait.

— Je me suis trompé, admit-il. Mais vous ne pouvez
pas m'en vouloir. On ne peut pas dire que vous soyez
très bronzée. Vous avez la peau plutôt pâle...

D'un air critique, il la détailla des pieds à la tête.
Catherine en eut soudain assez. Elle pivota sur elle-
même mais il la retint par le bras et l'attira vers lui.

12

Posant le pouce sous le menton de la jeune fille, il l'obligea à relever la tête.

— Dommage pour les yeux, murmura-t-il comme pour lui seul. J'espérais qu'ils étaient couleur caramel, pour aller avec vos cheveux. Or vous avez des yeux de tigre !

— Allez-vous me laisser partir !

Elle tenta de se dégager mais il la maintenait solidement.

— Que vous arrive-t-il ? s'étonna-t-il. Vous êtes fâchée parce que je ne suis pas tombé immédiatement à vos pieds ? C'est ce qui arrive d'habitude, je suppose...

D'une main, il lui prit le menton. Elle devina enfin ses intentions mais quand elle voulut rejeter la tête en arrière, il était trop tard. Déjà, la bouche de l'homme était sur la sienne et elle goûta le sel sur ses lèvres, sur sa langue. Appliquant ses mains à plat sur sa poitrine, elle s'efforça de le repousser. Mais elle avait l'impression de lutter contre un mur de granit. Enfin, il la lâcha. Elle tituba, haletante, et s'il ne l'avait pas aidée à garder son équilibre, elle serait tombée.

Sa chair sensible était irritée par la barbe dure de l'inconnu et elle ne sentait presque plus sa bouche, meurtrie par le baiser. Incapable de retrouver sa voix, elle se contentait de le fixer d'un air furibond.

— Désolé, assura-t-il, sans toutefois le paraître le moins du monde.

Une lueur amusée passa dans ses yeux clairs.

— Quand je vous ai vue vous balader sur la plage comme si elle vous appartenait, j'ai eu envie de vous apprendre à vivre.

Elle le regardait toujours avec colère, les yeux étincelants.

— Ne prenez pas cela mal ! s'exclama-t-il en riant. Au moins vous pourrez raconter que vous avez été embrassée par un hippie !

Il la défiait mais Catherine, les poings crispés, refusa la provocation. A quoi bon ? Ce n'était qu'un vagabond, un parasite. « Un déchet ! Un vrai déchet d'humanité ! » songea-t-elle avec rage. Alors, sans un mot, elle tourna les talons et s'éloigna, s'efforçant de ne pas entendre le petit rire moqueur qui résonnait derrière elle.

Une fois arrivée à l'autre bout de la plage, elle remit ses chaussures et hésita un instant avant de jeter un rapide coup d'œil par-dessus son épaule. L'homme était en train de rouler son filet. Il se redressa. S'était-il aperçu qu'elle le regardait ? Probablement mais il continua à l'ignorer — comme un peu plus tôt.

Elle disparut derrière les lauriers-roses et remit sa jupe et son chemisier sur son bikini déjà presque sec. Quand elle regagna sa voiture, elle avait retrouvé son sens de l'humour et un sourire moqueur lui vint aux lèvres.

« J'aurais dû l'asperger de sable ! » se dit-elle.

Mais que se serait-il passé ?

Brusquement, elle se souvint de ses paroles ironiques :

— Quand je vous ai vue vous balader sur la plage comme si elle vous appartenait...

Alors, en souriant malicieusement, elle mit le contact et enclencha la marche arrière pour regagner la route qui menait à la ville.

2.

Baignée par le soleil, la petite ville de Port Charlotte sommeillait paisiblement quand Catherine la traversa au volant de sa voiture. Elle dépassa les petites maisons peintes de couleurs pastel, dont les portes étaient surmontées de plantes grimpantes. Au fond des ruelles, les murs croulaient sous les bougainvillées roses ou couleur pêche. De temps en temps, la jeune fille apercevait un grand poinciana envahi de somptueuses fleurs écarlates. Quelques enfants jouaient dans les jardins. Un chien brun sans race bien définie sortit de l'ombre d'une véranda et courut derrière la voiture. Il se lassa vite et s'étendit au milieu de la rue poussiéreuse.

Sans vraiment s'en apercevoir, Catherine ralentit en passant devant l'hôpital public où sa mère avait été sage-femme. L'hôpital, qui s'étendait entre la route et un petit bras de mer marécageux, était exactement comme dans ses souvenirs, à l'exception des murs, encore plus sales, et des jardins, encore plus négligés.

« L'intérieur n'a sûrement reçu aucune amélioration », se dit-elle avec tristesse. Et cela, malgré les batailles sans fin que sa mère avait livrées au Comité de la Santé, dans l'espoir de recevoir des fonds.

Elle ne tarda pas à arriver dans le vieux quartier de la ville et après avoir garé sa voiture, demeura assise au volant. « Rien n'a changé », songea-t-elle, partagée entre la joie et la mélancolie. Peu à peu, les magasins qui entouraient la place commençaient à ouvrir après la longue pause du déjeuner. Pour gagner quelques piécettes, de jeunes garçons, aspergeaient d'eau le trottoir. Mais les gouttes s'évaporaient aussitôt dans l'air étouffant.

Comme elle était jolie, cette place à l'atmosphère un peu désuète. Nombreuses étaient les maisons et les boutiques à avoir conservé leurs volets aux teintes passées et leurs balcons en fer forgé délicatement travaillé — une influence française datant des jours où une garnison de ce pays occupait l'île. La marine britannique l'avait ensuite mise en déroute, l'obligeant à se retirer. Et maintenant, on pouvait voir au centre de la place plantée d'herbe jaunie et de rares buissons poussiéreux, un petit bassin et une fontaine commémorant le jubilé de la reine Victoria.

L'eau de la fontaine éclaboussait le bord du bassin et Catherine se souvint du jour où elle avait sauté dedans toute habillée, avec quelques camarades, à la suite d'un pari. Juste au moment où l'un de leurs professeurs passait en voiture... Le fait qu'elle était la fille du directeur du collège n'avait servi à rien. « Au contraire ! » songea-t-elle avec nostalgie, en rêvant au passé.

Quelques secondes plus tard, elle passait sous un

portail donnant accès à la cour d'une maison de style colonial. Une plaque en cuivre était apposée à côté de la lourde porte d'acajou. *Robert Latham, avoué et notaire*, lut-elle. La porte était entrouverte et soudain la jeune fille se sentit envahie par la crainte. Elle pénétra à l'intérieur de la maison, elle traversa le hall, ouvrit une porte située à l'autre bout et passa sa tête dans l'entre-bâillement.

Assis derrière le bureau, un homme corpulent d'une soixantaine d'années, écrivait. Catherine poussa davantage le battant et il jeta un coup d'œil par-dessus ses lunettes. Alors, stupéfait, il s'écria :

— Mon Dieu ! Catherine ! Mais je rêve !

Il avait quitté le Yorkshire trente ans auparavant mais n'avait pas perdu son accent.

— Mais oui, c'est moi, oncle Bob ! fit-elle d'une voix qui tremblait un peu.

Il repoussa son fauteuil en arrière et vint la serrer dans ses bras, la soulevant en l'air comme si elle avait toujours dix ans.

— D'où sors-tu ? Je te croyais toujours à Londres. Tu as une mine à faire peur !

— Oh ! Je suis en pleine forme, oncle Bob. Vraiment...

Elle lui adressa un sourire rassurant, mais il fit claquer sa langue.

— Je doute que ta tante Lu soit de cet avis-là ! Tu es si pâle, tu...

— Je vais très bien, répliqua Catherine, déjà sur la défensive. C'est à cause du temps, tu sais... Il a plu pratiquement tous les jours pendant ces deux derniers mois. Et quel froid ! Si tu savais...

Il eut un rire sarcastique.

— Tu crois que je ne me souviens pas du climat qu'on a là-bas en hiver ? Je n'ai pas souvent vu un soleil tropical briller au-dessus de Leeds. Et pourtant — Dieu sait pourquoi ! — j'y pense souvent avec nostalgie...

Son visage se rembrunit pendant quelques instants. Puis une autre pensée le frappa.

— As-tu reçu ma lettre avant ton départ ?

— Oui. C'est pourquoi je suis venue. Tu disais qu'un événement important risquait de se produire. Ça a suffi à éveiller ma curiosité, moi qui n'ai jamais pu supporter les mystères ! Et puis, comme je n'avais pas commencé mes cours de recherche, et que mon emploi temporaire m'ennuyait, j'ai sauté dans le premier avion et... me voici !

Son oncle la regarda d'un air dubitatif.

— A vrai dire, tu n'avais pas besoin de te déplacer. Pas si vite, du moins ! Cependant...

Elle l'interrompit.

— Maintenant que je suis là, explique-moi tout ! J'espère qu'il ne s'agit pas encore de l'une des idées bizarres de tante Lu...

Il éclata de rire.

— Justement, ta tante mijote quelque chose. Et cette fois, ça risque de marcher ! Figure-toi qu'elle est en train d'installer deux bungalows à louer derrière la villa Cannelle. Et elle a quelques autres projets pour profiter du mini-boom touristique de l'île. Car ça commence à bouger à Saint-Hilaire ! Pas trop tôt, si tu veux mon avis... Mais il ne s'agit pas de cela ! L'événement auquel je faisais allusion dans ma lettre te concerne. Cependant je me demande si...

18

Il marqua une pause. Ses yeux bleus pétillaient de malice et une certaine irritation gagna Catherine. Elle était trop fatiguée pour se prêter aux taquineries de son oncle.

— Raconte!

Il se contenta de consulter sa montre avant de s'exclamer d'un air faussement déçu:

— Je suis désolé, Catherine, mais il faut maintenant que j'aille en face, à la baie Bleue. Un litige au sujet de deux chèvres que se disputent deux propriétaires...

La voyant sur le point d'exploser, il ajouta:

— Mais comme tu as fait tout ce chemin pour venir me voir, je vais peut-être t'accorder quelques minutes...

Il se rassit et lui indiqua un fauteuil.

— Te souviens-tu des parcelles de terrain situées non loin de l'aéroport qui étaient à vendre voici dix ans? Non, quinze!

Catherine le regarda d'un air perplexe.

— La plage de Corail? Justement, je viens de passer devant.

Elle ne tenait pas à parler de la rencontre qu'elle y avait faite. Un sourire lui vint aux lèvres lorsqu'elle se souvint que son père avait acheté ce terrain et lui en avait offert le titre de propriété pour son anniversaire. Elle se revit riant avec ses parents au sujet du prix des parcelles. A combien les leur avait-on vendues? Quarante dollars? Non, cinquante... Une plaisanterie!

— Te voilà propriétaire maintenant, lui avait dit son père.

Et il l'avait photographiée sur l'une de *ses* parcelles. Elle devait toujours posséder ce cliché.

Elle continuait à regarder son oncle.

19

— Personne ne peut songer à acheter cela ! Ce terrain ne vaut rien. Il est situé si loin de la ville... Et pas d'eau, pas d'électricité ! Juste quelques buissons maigrichons, je suis sûre que l'on ne pourrait même pas y faire pousser des mangues.

— Peut-être, peut-être... Tu oublies cependant une chose. La plage. Une petite plage de rêve... Or les propriétaires du terrain sont également propriétaires du littoral, n'oublie pas ce point !

Catherine haussa les épaules.

— Je peux toujours aller m'asseoir sur le sable. Pour rien ! Ou bien louer des parasols aux milliers de touristes qui ne vont jamais là-bas !

— Laisse-moi finir ! Donc tu possèdes douze parcelles en tout, soit les deux tiers du terrain. Et moi, je détiens le reste.

Elle eut peine à cacher son incrédulité.

— C'est ainsi ! poursuivit-il. J'avais conseillé à ton père d'acheter. Personne n'imaginait les possibilités de l'endroit à l'époque, à part moi. Je lui avais prédit que la plage de Corail lui apporterait la fortune à l'âge de sa retraite. Mais il a préféré mettre l'acte à ton nom.

Brusquement, il s'interrompit et, un peu maladroitement, posa sa large main sur celles de Catherine.

— Je suis navré, mon petit. C'est dur pour toi. Très dur... Je sais !

Il lui étreignit les doigts et lui adressa un sourire de biais.

— Mais le plus dur, c'est toujours pour ceux qui restent. Si Lu et moi avons perdu nos meilleurs amis, toi tu as perdu les meilleurs parents du monde.

Les mains de Catherine se crispèrent sous les siennes et il resserra son étreinte.

— Nous n'avons jamais pu avoir d'enfants, Lu et moi. Mais nous t'avons toujours considérée comme notre fille. Ou tout au moins comme la préférée de nos nièces. Depuis, tu nous es encore plus chère.

Elle s'obligea à sourire et lui pressa la main.

— Je sais, oncle Bob. Et je vous en suis reconnaissante plus que je ne saurais le dire... Mais ne t'inquiète pas pour moi. J'ai surmonté mon chagrin. Vraiment! Après tout, quatre ans ont passé...

Elle réussit de nouveau à sourire. Mais images et souvenirs du passé revenaient en sa mémoire: la directrice lui apprenant avec ménagement le terrible accident, l'horreur de cette nouvelle. Ecrasée de désespoir, incapable de réagir, elle avait été ensuite prise en charge par l'infirmière. Puis Bob et Lu étaient arrivés en Angleterre par le premier avion. En tant que tuteurs, ils s'étaient occupés de l'organisation des obsèques comme des mille et une tâches pénibles dont il fallait bien venir à bout. Comme par magie, ils étaient parvenus à aplanir toutes les difficultés. Ils tenaient à s'assurer que Catherine n'avait aucun problème matériel, pouvait terminer ses études et — surtout! — garder le Moulin de l'Espoir, ce qu'elle souhaitait par-dessus tout. Elle avait l'impression qu'en gardant la maison tant aimée par ses parents, elle conserverait un lien tangible avec eux. Oui, Bob et Lu avaient su l'entourer d'affection au moment où elle en avait le plus besoin. Ils l'avaient aidée à traverser cet atroce cauchemar. Si douloureux que, dans les premiers temps, elle avait cru qu'elle n'y survivrait pas.

Catherine leva les yeux vers son oncle. Elle avait retrouvé son calme.

— Comment te remercier pour tout ce que tu as fait pour moi?

Il voulut protester mais elle l'en empêcha.

— Non, laisse-moi parler! Jamais je ne pourrai te remercier assez. Même si j'avais des millions d'années pour cela... Jamais je n'oublierai. Jamais!

Un silence suivit. Catherine fut la première à le rompre.

— Tu ne devrais pas faire attendre tes chèvres trop longtemps! dit-elle en s'emparant de son sac. Moi, je dois aller au Moulin de l'Espoir. J'ai téléphoné à Mattie dès mon arrivée à l'aéroport.

Elle eut un petit rire.

— La pauvre! Cela lui a donné un choc... Et maintenant elle doit courir partout en pourchassant des poussières invisibles!

— Mais je tiens à ce que tu t'installes ici pendant la durée de ton séjour! Tu ne vas pas rester toute seule...

— Mattie sera là.

Elle lui adressa un sourire assuré.

— Et puis le Moulin de l'Espoir, c'est ma maison.

— Viens au moins dîner ce soir. Sinon tu ne connaîtras jamais la suite de l'histoire!

— J'aimerais bien, mais il faut que je parte, maintenant...

— Pas si vite, Catherine! Je ne t'ai pas encore tout dit.

Il s'empara de son stylo et le fit rouler d'un air pensif entre ses doigts.

— As-tu entendu parler de la chaîne d'hôtels Brannan? Brannan International? Eh bien, figure-toi qu'ils sont très intéressés par la plage de Corail.

— Mais... ils ne vont jamais construire un hôtel à Saint-Hilaire! s'exclama la jeune fille, stupéfaite. A la

22

Jamaïque ou aux Bahamas, peut-être. D'ailleurs nous avons bien assez d'hôtels pour les quelques touristes qui s'aventurent jusqu'ici. En Angleterre, quand j'apprends aux gens d'où je viens, ils disent : « Ah oui ! », mais en réalité ils se demandent où peut bien se trouver Saint-Hilaire. Personne n'a jamais entendu parler de notre île ! Je crois qu'on t'a fait une farce, oncle Bob.

— Les compagnies multi-millionnaires ne font pas de farces, mon chou. Elles n'ont pas de temps à perdre ! Non, non, c'est bien vrai. Leur géomètre en chef était là voici deux mois. Il m'a confié, que Brannan veut s'installer sur une île encore peu développée. Les gens disent toujours ceci : « plus c'est petit, plus c'est joli. » Ce dicton est valable pour les îles comme pour le reste. Il semblerait que l'ambiance tranquille et un peu vieillotte de l'endroit plaît à ces messieurs...

— Si l'on implante un hôtel Brannan à Saint-Hilaire, l'ambiance risque de changer vite ! Je ne suis pas hypocrite : si nous réussissons à vendre ce terrain, bravo ! Mais pourquoi ne pas traiter avec un insulaire ? Au moins, nous serions sûrs que les bénéfices profiteraient à l'île.

— Si les gens du pays étaient vraiment intéressés, ils avaient tout le temps de nous contacter, déclara-t-il. En outre, il y a tant de chômage à Saint-Hilaire depuis que la canne à sucre va mal... Je doute que les sans-emploi partagent tes scrupules ! Mais tu ne veux pas savoir ce que nous offre Brannan ?

L'esprit de Catherine travaillait à toute allure. Quel dommage que la jolie plage de Corail soit vendue à des étrangers ! Mais son oncle avait sûrement raison. Il connaissait les affaires. Et si Brannan offrait un bon prix de ce terrain, elle pourrait...

— Vingt mille dollars, énonça-t-il. Des dollars américains, bien sûr.

— Vingt mille dollars! Mais c'est formidable!

— Pour chacune des parcelles, naturellement. Si l'affaire se fait, tu te retrouveras avec un quart de million de dollars.

Il éclata de rire.

— Catherine, si tu pouvais te voir en ce moment! Mais...

Il leva la main.

— ... mais tout cela doit rester secret jusqu'à la signature de l'acte. Les promoteurs venant de l'extérieur ne sont pas très bien vus, aussi je tiens à présenter une affaire qui se tient. Entrepreneurs locaux, matériaux en provenance de la région, contrats de travail à long terme pour les gens du pays, etc. Cependant, n'oublie pas, il ne s'agit pour l'instant que d'un projet, rien n'est encore décidé!

Catherine se renversa dans son fauteuil avec un soupir extasié.

— Oh! Nous ne sommes pas pressés. Laisse-moi d'abord m'habituer à l'idée de devenir riche. Merveilleux! Avec tout cet argent, je pourrais...

— Il faut que je te prévienne: il existe un petit obstacle.

Elle fronça les sourcils.

— Un obstacle?

— Oui. C'est pourquoi je ne t'en ai pas dit plus dans ma lettre. J'attendais que tout s'arrange. Figure-toi que nous avons un squatter!

— Un squatter?

Dans le quartier de Londres où elle vivait, les squatters étaient nombreux et réagissaient parfois violemment quand on les expulsait des logements qu'ils occupaient illégalement. Mais ici ? A Saint-Hilaire ? Cela semblait ridicule.

— Oui. Et il a fallu qu'il choisisse l'une de tes parcelles ! J'ai déjà été le voir, me faisant passer pour le notaire du propriétaire — ce que je suis, d'ailleurs ! « Pourquoi diable n'allez-vous pas vous installer ailleurs ? » lui ai-je demandé. Et sais-tu ce qu'il m'a répondu ? Que la vue que l'on avait de la plage de Corail lui plaisait.

Son visage s'assombrit. La colère le gagnait.

— Cet espèce de vagabond, de paresseux... Je n'ai jamais vu un pareil...

— Qui est-ce ? s'enquit Catherine.

— Un certain Devinish. Luke Devinish. Je n'en sais pas plus à son sujet... Voici deux mois qu'il rôde à Saint-Hilaire. Il est arrivé à bord d'un petit yacht qu'il a vendu à peine après avoir mis pied à terre. Sûrement pour se saoûler de rhum blanc ! Maintenant, il n'a plus qu'un vieux canot qu'il utilise pour pêcher ou emmener les touristes jusqu'au récif. Comme tous les pêcheurs d'ici... Le plus curieux, c'est que tout le monde semble l'apprécier, surtout les femmes. Même ta tante s'est laissée attendrir !

Il se renfrogna.

— Il se fait un peu d'argent en lui vendant ces morceaux de bois aux formes bizarres que l'on trouve parfois sur les plages. Ta tante s'en sert pour décorer ses bungalows. Ah ! Je me demande où va le monde ! Remarque, rien ne nous empêche de choisir aussi la solution de facilité. Moi aussi, si je voulais, je pourrais aller

25

m'asseoir sous un palmier et y rester à rêvasser du matin au soir...

Catherine se mit à rire. Un terrible soupçon la fit brusquement retrouver son sérieux. « Non! » songea-t-elle. « Oh, non, pourvu que ce ne soit pas lui! »

— Ce... ce squatter, il est américain, je suppose?

— Non. C'est un Anglais, tout comme nous, même s'il n'a jamais condescendu à l'admettre. Son accent le trahit — quand il daigne parler, toutefois.

Il soupira.

— Voilà où nous en sommes. Il s'est installé là-bas et m'a fait part de sa ferme intention de rester.

— Tiens donc!

Le visage de Catherine, d'ordinaire souriant, était devenu rouge de colère.

— Eh bien, il va falloir qu'il change d'avis! Il n'y a sûrement aucun problème. Après tout, ce terrain m'appartient! Je vais l'en expulser. Il n'a qu'à aller ailleurs, de préférence à des centaines de kilomètres de là!

— Ce n'est pas si simple, mon petit.

Catherine réprima un soupir en voyant l'expression soucieuse de son oncle. Bob Latham n'était pas un homme combatif. Il ne demandait qu'à vivre en paix avec tout le monde et s'étonnait chaque fois que cela se révélait difficile.

— Bien sûr que c'est simple, mon oncle! déclara Catherine d'un ton ferme. Seul, tu ne pouvais pas faire grand chose. Mais maintenant que je suis là et qu'il se trouve sur *mon* terrain, je te donne l'autorisation d'appeler la police. Qu'on le mette dehors! Par la force s'il le faut, cela m'est bien égal.

Son oncle la fixait avec stupeur. Elle-même s'étonnait

de sa véhémence. Aurait-elle réagi de la sorte si elle n'avait pas déjà rencontré son locataire à titre gratuit ? Car c'était certainement lui qu'elle avait vu. Et elle n'était pas sortie gagnante de la rencontre… Elle frissonna en pensant à son baiser passionné.

— Je veux qu'on chasse cet homme de chez moi, fit-elle avec entêtement.

Son oncle secoua la tête.

— Je souhaiterais que ce soit aussi facile que cela. Mais vois-tu, il a des droits.

— Des droits ? Depuis quand un squatter a-t-il des droits ?

— Normalement, il ne devrait pas en avoir. Mais dans ce cas… Te souviens-tu d'avoir appris l'histoire de l'île à l'école ? La loi de 1842 concernant la protection des droits sur les terrains ?

Il désigna la rangée de vieux livres reliés en cuir qui s'alignaient sur une étagère.

— Je vais te trouver cela si…

Catherine poussa un gémissement.

— Inutile ! Je me souviens hélas de mes examens d'histoire… « …et aucun esclave affranchi, aucun individu, quel qu'il soit, ne peut être expulsé d'une terre non cultivée… bla-bla-bla… sur laquelle il a érigé une maison, à condition que la fumée se soit élevée de la cheminée de cette même maison… »

— « … dans l'espace de vingt-quatre heures. » C'est bien cela. J'avais toujours dit à ton père que tu ferais un bon avocat. Et tu as choisi d'étudier la littérature… Quelle perte de temps !

Catherine eut un geste impatient.

— A-t-il réussi ? A-t-il construit une maison ? La fumée est-elle sortie de la cheminée moins de vingt-quatre heures après? Ou bien avons-nous ici le moyen de le coincer?

— Il n'a pas eu de peine à rassembler assez de bois pour se construire une cabane au milieu des broussailles, à deux pas de la plage. Et il a tout de suite allumé un feu... Bizarre qu'un Anglais connaisse cette brèche dans nos lois!

La jeune fille donna un coup de poing sur le bureau.

— Pourquoi a-t-il fallu qu'il vienne à Saint-Hilaire? Et pourquoi a-t-il choisi *mon* terrain?

— Ne te mets pas dans un état pareil, mon chou. Je me suis arrangé pour que cette affaire passe devant les tribunaux. Si nous tombons sur un juge compréhensif, nous gagnerons. Cette clause aurait dû être supprimée depuis des années! Elle n'avait certes pas été conçue pour un cas de ce genre! De toute manière, j'imagine mal notre homme s'éternisant ici. Un de ces jours, il en aura assez. Alors il partira rêver sous un autre palmier, au bord d'une autre plage...

— Cela m'étonnerait!

Catherine eut un rire amer.

— Depuis combien de temps est-il à Saint-Hilaire? Deux mois? Pourquoi n'y resterait-il pas deux ans? Ou même vingt... Je le vois très bien en horrible vieux pirate, toujours sur mon terrain. Et je le montrerai à mes petits-enfants en leur disant d'une voix chevrotante: « Voyez, mes chéris, cet homme horrible, ce démon... »

Son oncle lui coupa la parole.

— Ne te laisse pas emporter par ton imagination, fit-il d'un ton réprobateur. Tâche d'être un peu patiente. Nous ne sommes pas si pressés.

Catherine s'efforça de se dominer.

— La compagnie Brannan pourrait acheter le terrain, squatter y compris, pour l'expulser ensuite, suggéra-t-elle.

— Oh non !

Il paraissait presque choqué.

— Non, reprit-il. J'ai parlé de lui au géomètre, c'était plus honnête. Il m'a dit que cela vaut la peine de lui offrir un dédommagement s'il part, mais en toute légalité. Le vieux monsieur Brannan est apparemment très respectueux des lois : c'est d'ailleurs un avocat. Le géomètre a mis l'accent sur le fait que rien ne peut être conclu tant que cet homme nous imposera sa présence. S'agissant d'un investissement de cette importance, Brannan ne veut pas prendre le moindre risque.

— Offrons-lui de l'argent. C'est tout ce qui intéresse les types de ce genre. Il suffit de lui donner de quoi s'acheter du rhum pendant un an.

— J'ai déjà essayé au moment où le projet était en cours de discussion. Bien entendu, je ne l'ai mis au courant de rien. S'il se doutait de quelque chose — et cela, il ne le faut à aucun prix — il deviendrait encore plus gênant. Il m'a envoyé promener avec mon argent, en me disant ce que je pouvais en faire. Il s'est montré vraiment difficile et peu coopératif !

— J'imagine ! fit Catherine d'un ton sec.

D'un pinceau habile, son oncle peignait à la manière de Rembrandt un portrait très ressemblant de l'homme de la plage. « Et comment le forcer à faire quelque chose contre sa volonté ? » se demanda-t-elle avec agacement. La tâche était difficile, mais d'une manière ou de l'autre, elle y réussirait. Les lèvres pincées, elle assura d'un ton rageur :

— Je vais me débarrasser de lui, je te le promets. Je trouverai bien un moyen !

En riant, il lui ébouriffa les cheveux.

— Je retrouve mon petit chat rebelle !

Elle secoua la tête.

— Je parle sérieusement. Je veux qu'il s'en aille, même si je dois employer pour cela la manière forte et le traîner hors de chez moi avec sa cabane !

— Si vous n'avez plus besoin de rien, mademoiselle Cathy, je vais aller me coucher.

Catherine sourit à Mattie la gouvernante.

— Merci pour m'avoir attendue jusqu'à une heure aussi tardive, Mattie. Merci aussi pour avoir si bien veillé sur le Moulin de l'Espoir. Et sur tout...

— Il n'y a pas de quoi, c'est mon travail. Tâchez de ne pas vous coucher trop tard. Vous êtes si pâlotte !

Catherine hocha la tête, tout en suivant Mattie des yeux d'un air attendri, puis elle s'assit dans un fauteuil en rotin. Elle aurait dû écouter les conseils de Mattie, elle le savait, mais elle n'avait pas sommeil. Si elle avait réussi à faire bonne figure devant son oncle, revoir le Moulin de l'Espoir avait représenté pour elle une épreuve. Mais elle avait eu le courage d'y faire face et maintenant le pire était peut-être passé. Port Charlotte s'étendait devant elle, éclairé par le clair de lune tropical. Son regard erra sur la ville, avant de s'arrêter sur les collines verdoyantes où se dressaient les bâtiments de l'institution dont son père avait été directeur. Délibérément, elle laissa ses pensées vagabonder dans le passé...

Au début, ils avaient vécu au collège puis son père avait acheté le Moulin de l'Espoir. C'était une agréable demeure en pierre au plan assez imprécis, isolée au milieu des plantations de canne à sucre. Des parquets grinçants, de très hautes fenêtres encadrées de persiennes... Elle avait autrefois appartenu au régisseur du domaine. Dans le jardin, on voyait encore se dresser la sinistre carcasse sans toit de l'ancien bâtiment où l'on faisait bouillir le sucre. Une exubérante végétation tropicale avait peu à peu envahi les jetées de pierre qui traversaient la cascade. C'était tout ce qui restait de la grande roue du moulin.

Oh! Comme ils avaient été heureux au Moulin de l'Espoir! Elle, surtout. Elle avait eu la plus vivante, la plus intense, la plus merveilleuse des enfances. Et elle était loin de s'imaginer que tout cela pourrait changer un jour. Pourtant, le premier coup était tombé lorsqu'elle venait tout juste d'atteindre seize ans. Son père avait insisté pour l'envoyer loin de l'île, dans une pension proche de Londres. Puis, au cours de sa première année d'internat, ses parents, qui se rendaient en Angleterre afin d'y recruter des professeurs, avaient trouvé la mort au cours du voyage. Après cela, elle n'avait pas eu le courage de retourner à Saint-Hilaire.

Les invitations de Bob et de Lu se faisaient de plus en plus pressantes mais elle trouvait toujours des prétextes pour les refuser. Le moment venu de s'inscrire à l'université, elle choisit de rester en Angleterre plutôt que d'aller étudier aux Caraïbes ou aux Etats-Unis, où elle aurait retrouvé beaucoup de ses amis d'enfance. Mais les années de faculté étaient déjà loin et maintenant, elle avait de plus en plus envie de renouer des liens avec ceux qu'elle avait connus autrefois. Dans l'obscurité, un demi-sourire lui vint aux lèvres. Elle se revit au dîner, écoutant la voix de sa tante, teintée de l'accent chantant de l'île. Alors son rêve s'était effrité.

— ... et Julia travaille dans un hôpital à New York... Les jumeaux McLellan sont tous deux au Canada... Oh! Lorna vit maintenant à Miami avec Lance. Il termine ses études de loi. Et elle attend un bébé...

Médusée, Catherine contemplait sa tante avec des yeux écarquillés. Lorna! Sa première amie! Celle qu'elle avait connue à cinq ans, lorsqu'il lui avait fallu affronter une nouvelle école, dans un nouveau pays. Le monologue de sa tante l'avait mise mal à l'aise. Elle avait gardé en mémoire le souvenir d'un Port Charlotte qui ne correspondait plus guère à la réalité. Maintenant, elle se rendait compte que c'était elle qui était restée en arrière...

Un seul lien semblait la retenir encore au passé. Au moment où elle prenait congé de son oncle Bob, ce dernier avait lancé avec un naturel forcé:

— Oh! A propos... Nick Alvarez est de retour. Il a su se débrouiller dans la vie! Après la mort de sa mère, il est parti au Venezuela. A l'époque, il ne possédait guère que les chaussures qu'il avait aux pieds. Et maintenant, il a une belle maison dans les collines et un yacht qu'il loue en charter. Il a même acheté un bar sur le port et l'a transformé en vrai pub anglais. Bière à la pression, décoration de harnais de chevaux — bref, le grand jeu. Il l'a baptisé le *Lord Nelson*. Une vraie petite mine d'or!

Ainsi, Nick était de retour... Malgré elle, Catherine sentit les battements de son cœur s'accélérer. Toutes les filles étaient folles de Nick, autrefois. Il était si beau! Catherine, intimidée et craintive, demeurait à l'écart. Elle se trouvait trop grosse, et n'aimait pas ses grands yeux dorés, de vrais yeux de fauve. Pourtant, lors de la fête de fin d'année, Nick l'avait enfin remarquée...

Elle comprit soudain pourquoi elle se sentait si énervée. Ce n'était pas seulement parce qu'elle avait retrouvé le Moulin de l'Espoir. Elle voulait aussi revoir Nick. Ce soir! Lui saurait lui faire oublier l'homme de la plage, auquel elle ne cessait de penser. Sans réfléchir davantage, elle s'installa au volant de la voiture. L'allée était en pente et elle put la descendre sans mettre le moteur en marche, pour ne pas réveiller Mattie.

Oh! A propos... Nick est de retour. A la voix de son oncle parut soudain se superposer celle de son père. Sans le vouloir, elle avait entendu autrefois ces quelques bribes de phrase:

— A cet âge, on est très impressionnable... une brute sans principes... ce garçon est dangereux!

Peu après, il avait annoncé à une Catherine pâle et désespérée son intention de l'envoyer en pension en Angleterre.

Il était impossible de manquer le *Lord Nelson*, sur le quai des bananiers. Le bar misérable qui occupait autrefois un entrepôt du 18ème siècle était devenu un pub à colombages noirs et blancs. Rien n'y manquait, pas même l'enseigne qui se balançait au-dessus de la porte. Catherine gara sa voiture et, refusant de reconsidérer sa décision, suivit un groupe de touristes à l'intérieur. Assourdie par l'orchestre déchaîné qui jouait des mélodies antillaises, aveuglée par l'épaisse fumée, elle demeura sur le seuil pendant quelques instants.

« C'est ridicule! » se dit-elle. « Je n'aurais pas dû venir. »

— Seigneur! Cathy? Catherine Hartley?

Nick Alvarez jeta ses flèches dans la cible et se dirigea vers la jeune fille. Il lui parut beaucoup plus âgé que dans ses souvenirs. Plus distingué, aussi. Et encore plus beau...

— La petite Cathy! Par exemple...

Il souriait de ce sourire complice qui, quelques années auparavant, avait tant charmé la jeune fille.

— Tu as grandi, petite Cathy.

Il la détailla des pieds à la tête.

— Bonsoir, Nick.

Elle lui retourna son sourire. Elle avait peine à cacher sa surprise. Avec ses vêtements décontractés mais coûteux, sa montre en or, ce Nick-là n'était pas celui de ses souvenirs.

Il ne lui avait pas lâché la main.

— Oui, tu as beaucoup grandi, répéta-t-il d'une voix caressante.

Catherine se sentit rougir.

— Heureusement que j'ai grandi! s'empressa-t-elle de dire. Il était bien temps. J'étais tellement gamine... tellement naïve, aussi!

— Cela ajoutait un peu de sel...

Les yeux de Nick étincelèrent.

— Et maintenant... Eh bien...

Il prit le visage de Catherine entre ses mains. La jeune fille vit la bouche de Nick se rapprocher et tout son corps se raidit. Le baiser atterrit sur sa joue. Dans la foule de visages inconnus, elle venait de reconnaître celui de Luke Devinish. Vêtu du même jean coupé en short qu'il portait dans l'après-midi et d'une vieille chemise bleu pâle, il se tenait sur le seuil. Catherine aurait voulu le mépriser de toutes ses forces. Hélas, elle devait admettre qu'auprès de Luke Devinish, tous les hommes qui se trouvaient au *Lord Nelson* — Nick y compris —, semblaient trop habillés.

Il l'enveloppa d'un regard dans lequel elle lut tant d'hostilité et tant de dédain qu'elle eut l'impression de recevoir un coup. Très vite, il retrouva son indifférence habituelle. Pour traverser la salle, il dut passer près de Catherine, qu'il bouscula. Elle perdit l'équilibre et Nick, la saisissant par la taille, l'attira contre lui.

— Hé, Luke! Ne malmène pas ma copine!

Ignorant Nick, le nouveau venu se dirigea vers le bar.

— Nick! Comment peux-tu laisser entrer ici des gens pareil? s'exclama Catherine.

Il haussa les épaules.

— Si j'ai une affaire de ce genre, c'est pour faire de l'argent. Beaucoup d'argent! Tant qu'il pourra payer ses consommations, il sera le bienvenu. Mais ne te mets pas dans cet état pour lui! Il n'en vaut pas la peine.

En dépit de ses protestations, il la guida vers une table libre et cria au barman de leur apporter deux punchs au rhum. Catherine s'adossa au mur et, tout en buvant son punch à petites gorgées, observa Nick, très à l'aise dans son rôle d'hôte et de propriétaire. D'une voix forte, il échangeait quelques réparties avec les jeunes qui se tenaient près du jeu de fléchettes. Deux blondes vêtues de bermudas très moulants se précipitèrent pour l'embrasser avec enthousiasme.

L'orchestre jouait maintenant un slow. *Emmène-moi sur la lune.* Nick l'entraîna vers la petite piste, un patio en plein air faiblement éclairé par quelques lampions. Au début un peu raide, Catherine ne tarda pas à se détendre dans les bras de Nick. Les yeux clos, elle se souvint de la dernière fois qu'elle avait dansé avec lui. A la fête de fin d'année, au collège... Elle avait réussi à persuader sa mère de la laisser porter une vraie robe d'adulte. Et elle avait relevé ses cheveux, dégageant ainsi son cou et ses épaules. Nick, plus âgé qu'elle de deux ans, avait alors semblé la remarquer pour la première fois. Comme maintenant, il l'avait serrée très fort contre lui. Et les souvenirs l'assaillirent. Les souvenirs de son premier amour, de son premier chagrin...

L'orchestre se tut. Catherine ouvrit les yeux et se dégagea. En souriant, elle leva la tête vers Nick. Il lui fallut un certain temps avant de retrouver une vision précise.

— Il faut que je m'en aille. Je suis épuisée.

Dans la semi-obscurité, elle pivota sur elle-même et heurta violemment un homme venant en sens inverse. Elle serait tombée s'il ne l'avait pas saisie par les coudes. Instinctivement, elle posa les mains sur la poitrine de l'inconnu et sentit un cœur battre sous ses doigts à travers l'étoffe légère de la chemise.

— Je suis désolée, c'est de ma faute..., commença-t-elle.

Les mots moururent sur ses lèvres.

— Il n'y a pas de mal, ma chère. La prochaine fois, n'hésitez pas à me fracturer l'autre pied.

Elle laissa retomber ses bras comme si elle s'était brûlée.

— Hé, Luke! s'écria Nick, faisant mine de se fâcher. Je te l'ai déjà dit : laisse ma copine tranquille ? Tu ne t'es pas fait mal, ma chérie ?

Elle se contenta de secouer négativement la tête.

— Voici ton sac, poursuivit Nick. Je t'accompagne jusqu'à ta voiture.

36

Une fois dehors, Catherine se tourna vers lui.

— J'ai été contente de te revoir. Et je suis heureuse que tu réussisses si bien. Ta mère aurait été fière de toi.

Elle lui tendit la main. Il s'en empara et l'embrassa.

— Tu es adorable, Catherine. Au revoir...

Pour une fois, sa voix était sérieuse. Catherine, encore plongée dans ses souvenirs, lui adressa un sourire hésitant.

— A bientôt, Nick.

Sur le chemin du retour, elle se sentait triste. Dès le premier regard, elle avait compris que son amour d'autrefois était bien mort. Rien n'en restait... Le fantôme du passé était exorcisé. Maintenant, elle ne ressentait plus que de l'affection pour le Nick qui faisait partie de son passé. Elle était restée trop longtemps au loin...

Après avoir garé sa voiture, elle se dirigea à pas lents vers la véranda. Lorna... devenue la femme de Lance, qu'elle aimait depuis des années. Lorna enceinte et probablement follement heureuse. Carole... Angie... Julia... Tout le monde était parti.

Elle prit une douche et s'effondra sur son lit, épuisée physiquement et moralement. A travers la mousseline de la moustiquaire, elle aperçut dans le miroir le reflet de son visage blême, de ses grands yeux cernés. Sa dernière pensée consciente fut pour Nick. Mais lorsqu'elle plongea dans le sommeil, le visage de Nick s'estompa, disparut — un autre homme dominait ses rêves — . Un homme froid et arrogant qui la fixait avec une implacable hostilité.

3.

— Doucement, Iago!

Catherine tira sur les rênes. Elle avait du mal à contrôler ce cheval impatient et capricieux.

Les passagers d'un paquebot à l'ancre devant Port Charlotte avaient loué toutes les paisibles montures de M.Brownlow, ne laissant que cet animal superbe, mais très nerveux. Elle n'allait pas s'en plaindre, au contraire!

Autour d'eux, les tiges sèches des cannes à sucre bruissaient dans la brise chaude venue des montagnes. Catherine avait eu l'intention de rentrer par le chemin qu'elle avait emprunté pour venir. Mais quand elle aperçut la mer en contrebas, étincelante sous le soleil, elle ne sut résister...

Elle fit claquer sa langue.

— Allons-y, Iago!

Une fois arrivée au bord de l'eau transparente, elle laissa le cheval prendre le petit galop. Soudain, la mémoire lui revint... Elle retint Iago dans son élan. Comment avait-elle pu oublier qu'en regagnant les écuries par ce chemin, elle était obligée de passer devant la plage de Corail ?

— Que faire ? se demanda-t-elle avec nervosité.

Certes, elle pouvait revenir par les collines, mais il faisait si chaud, là-haut ! Ils avaient également la possibilité de suivre la grand-route. Mais était-ce raisonnable avec une monture aussi capricieuse ?

La mauvaise humeur gagna Catherine. La main en visière au-dessus de ses yeux, elle scruta la plage. Etait-il là ?

— Oh ! Après tout, tant pis ! s'exclama-t-elle avec colère. C'est *ma* plage ! Et je parie qu'il dort sous l'un de *mes* palmiers ! Il...

Elle s'interrompit brusquement. Il était là, tout près de l'eau. Sa silhouette sombre se détachait sur le sable blanc. Certes, elle avait encore la possibilité de tourner bride, mais au lieu de cela, elle piqua ses talons dans les flancs de sa monture.

— Allons, Iago ! Montrons-lui de quoi nous sommes capables !

Le cheval partit comme une flèche. Il galopait dans l'écume, faisant s'envoler des myriades d'oiseaux de mer, tandis que derrière eux l'eau rejaillissait en gerbes scintillantes. Penchée au-dessus de l'encolure de Iago, Catherine riait...

L'homme leur jeta un coup d'œil indifférent avant de s'éloigner. Piquée au vif, la cavalière fit de nouveau claquer sa langue et le cheval accéléra encore son allure. Alors l'homme s'arrêta et les regarda s'approcher en fendant les vagues. Catherine se donnait en spectacle, elle s'en rendait compte. Cependant, enivrée par cette course folle, comme une écuyère sauvage et indomptée, elle s'en moquait...

Ils arrivaient près des rochers aux arêtes vives qui bordaient la plage. Catherine reprit ses rênes, obligeant Iago à ralentir. Ce fut ce qui les sauva tous les deux... Car elle ne se souvenait plus de l'existence de cet épi en ciment, construit à quelques mètres des rochers, qui s'enfonçait ensuite dans la mer. Il n'était pas très haut et Iago pouvait le sauter sans difficulté. Mais le niveau du sable était beaucoup plus bas derrière l'obstacle. Lorsque Catherine s'en aperçut, il était trop tard... Le cheval avait déjà pris son élan. Il atterrit lourdement de l'autre côté. L'un de ses sabots s'enfonça dans un trou. Désarçonnée, Catherine vida ses étriers et se retrouva par terre.

Hors d'haleine, furieuse contre elle-même, la jeune fille demeura immobile sur le sable humide. Elle entendit une exclamation irritée, puis des pas précipités. Entre ses longs cils, elle vit l'homme franchir l'épi d'un bond et se précipiter vers elle. Résignée, elle ferma les yeux, s'apprêtant à subir une bordée d'insultes. Mais rien ne se passa... Alors elle souleva les paupières et demeura pétrifiée. Car au lieu de s'occuper d'elle, l'homme s'efforçait de rassurer Iago qui tremblait de tous ses membres, couvert de sueur.

L'homme examina soigneusement chacun des membres du cheval. Puis il se redressa.

— Il s'en tire avec une foulure, déclara-t-il sans même la regarder. Vous avez de la chance que ce ne soit pas plus grave.

— Oh oui, j'en ai, de la chance! fit-elle en écho, sarcastique.

Pourquoi n'avouait-elle pas combien elle était soulagée? Pourquoi parlait-elle sur ce ton sec? Mais que lui arrivait-il donc? Elle d'ordinaire si douce, si chaleureuse, elle ne se reconnaissait plus...

Il lui adressa un coup d'œil dépourvu d'aménité.

— Vous auriez pu le tuer, accusa-t-il. Ou encore l'estropier à vie, espèce de petite idiote!

Plus tard, se promit Catherine, quand elle se trouverait loin de la plage de Corail et de cet horrible individu, elle remercierait le ciel d'avoir épargné Iago. Oui, plus tard... Pour l'instant, elle devait faire face. Se redressant, elle lança d'un ton ironique:

— Bien sûr, *J'aurais pu* l'estropier, mais...

— Comment Brownlow a-t-il pu confier Iago à une gamine comme vous? Je ne comprends pas...

Elle s'apprêtait à protester. Il l'interrompit d'un geste.

— Non! Laissez-moi deviner... C'est le palefrenier qui vous a laissé monter Iago? Ce pauvre Brownlow avait sûrement forcé sur le rhum, comme d'habitude...

Comment osait-il parler ainsi? Catherine adorait M. Brownlow. C'était le plus gentil, le plus patient des hommes. Ne lui avait-il pas appris à monter à cheval quand elle avait dix ans?

Rouge de colère, elle répliqua d'une voix cinglante:

— Cela vous va bien de parler des gens qui boivent trop! Cela ne vous arrive jamais, j'en suis sûre.

— C'est exact. Je ne bois pas.

Sur ces mots, il passa les rênes du cheval autour d'un tronc et s'éloigna à longues enjambées.

— Quelle brute! grommela Catherine en se laissant choir sur le sable.

Elle le vit disparaître dans une hutte enfouie sous les

buissons. C'était donc là qu'il habitait... Et à cause de cette misérable cabane, elle risquait de perdre une fortune !

Il ne tarda pas à revenir avec une vieille chemise qu'il déchira en longues bandes. Puis, toujours sans prêter la moindre attention à la jeune fille, il se mit en devoir de panser le cheval blessé. Pendant qu'il travaillait, Catherine l'observa. Avec ses larges épaules, ses longues jambes et ses hanches étroites, il avait un corps d'athlète. Et son vieux short lui allait si bien ! Lui n'avait pas besoin de vêtements coûteux pour faire impression. Rejetant ses cheveux en arrière, il se redressa. Ses mouvements avaient la grâce souple d'un félin. Mais on le sentait en même temps — tout comme un félin — prêt à bondir. Une brusque angoisse étreignit Catherine. Cet homme, poussé trop loin, pouvait devenir dangereux...

— Venez lui tenir la tête. Il s'énerve.

Comme elle ne bougeait pas, il répéta son ordre.

— Oh, excusez-moi ! s'exclama-t-elle.. C'était à moi que vous parliez ? Je croyais que vous vous adressiez à quelque crabe caché sous un galet...

L'indifférence délibérée de cet homme la blessait. Elle aurait préféré qu'il la traite avec grossièreté. Au moins, elle aurait su à quoi s'en tenir.

Avec précaution, elle esquissa quelques mouvements précautionneux. Les mains sur les hanches, il la toisa.

— Pas de comédies, vous ne vous êtes fait aucun mal ! A part peut-être au postérieur...

Il eut un sourire ironique.

— Je crois que votre orgueil est encore plus meurtri que votre arrière-train ! C'est votre petit amour-propre qui a fait la culbute, n'est-ce pas ? Mais quand on veut se faire remarquer...

Il termina sa phrase d'un haussement d'épaules.

Hélas, il avait raison. Oui, Catherine cherchait à se faire remarquer... Elle le savait mieux que quiconque. Péniblement, elle essaya de se relever. Tout se mit à tourner autour d'elle et elle se mordit les lèvres, retenant un gémissement.

L'homme la retint dans sa chute et pendant une fraction de seconde, ses doigts lui effleurèrent les seins.

— Debout ! fit-il d'une voix moqueuse.

Catherine se retrouva sur ses pieds. Sa peau, à l'endroit où l'homme l'avait touchée, lui semblait marquée par un fer rouge.

Elle abaissa son regard vers lui. Mais il s'était penché pour bander Iago et elle ne pouvait voir que ses cheveux en désordre. Des cheveux très sombres, striés de quelques fils gris au niveau des tempes. Ses mains fines et élégantes semblaient en même temps si fortes et solides... Catherine les imagina errant sur son corps. Troublée du cours étrange de ses pensées, elle se raidit, soudain écarlate. Comme s'il avait deviné sa gêne, l'homme la fixa. Quelque chose d'indéfinissable passa dans ses prunelles grises et leurs yeux demeurèrent soudés jusqu'à ce qu'il se décide à reprendre son travail.

Il assujettit d'un dernier nœud le pansement improvisé. Aussitôt, Catherine lâcha la bride et fit quelques pas. Mais, brusquement, elle se sentait glacée en dépit de la chaleur. Son chapeau était tombé. Quand elle se baissa pour le ramasser, un étourdissement la gagna, une étrange faiblesse lui brisa les jambes.

L'homme la souleva sans effort et, à grandes enjambées, se dirigea vers sa hutte. Catherine laissa aller sa tête contre cette solide poitrine nue. Elle ouvrit les yeux.

Leurs visages n'étaient qu'à quelques centimètres l'un de l'autre.

— Vite, mettez-moi par terre! Je vais être malade!

Elle se sentait défaillir... Mais tout cela n'était cependant rien en comparaison de l'humiliation qu'elle ressentait!

Elle le repoussa.

— Allez-vous en! Je vous en supplie, allez-vous en!

Mais il demeura près d'elle, la soutenant par les épaules. Il tenait donc à la voir mourir de honte? Elle se recroquevilla sur elle-même, haletante, appuyant son front moite sur ses genoux.

— Calmez-vous, venez, dit-il alors d'une voix infiniment douce.

Il la porta jusqu'à sa hutte et la fit asseoir dans un vieux fauteuil de plage.

— Je ne vous invite pas à entrer, cela risquerait de blesser votre délicatesse, jeta-t-il avec sa brusquerie habituelle.

Il disparut à l'intérieur et revint quelques instants plus tard.

— Mettez cela, ordonna-t-il en lui tendant un pull. Vous grelottez.

Ce vieux chandail était beaucoup trop grand pour elle. Mais en sentant la laine rêche sur sa peau, elle éprouva immédiatement une impression de réconfort.

L'homme repartit à nouveau. Il réapparut avec un quignon de pain et une tasse pleine de thé fumant.

— Je n'ai que du lait condensé. Mais cela vous remettra l'estomac d'aplomb...

Catherine, qui détestait le thé sucré, ne protesta pas. Elle but en silence puis, soudain affamée, fit un sort au croûton de pain.

— Merci, fit-elle tout haut. Je m'en veux d'avoir eu ce vertige... C'est ridicule ! S'évanouir ainsi !

Elle lui adressa un demi-sourire auquel il ne répondit pas.

— C'est probablement la réaction au long voyage en avion que j'ai fait hier, poursuivit-elle. Et je n'ai rien mangé à midi : je n'avais pas faim.

— Je crois plutôt que c'est la réaction à tous les punchs que Nick Alvarez vous a fait avaler hier soir.

— Je n'en ai bu qu'un, rétorqua-t-elle avec froideur.

— Possible. Mais un seul verre de ce mélange empoisonné, c'est encore trop pour une petite fille comme vous.

Avec une exclamation indignée, Catherine bondit sur ses pieds.

— J'ai presque vingt-deux ans ! Je ne suis plus une petite fille !

— C'est vrai..., admit-il.

Son regard était encore plus éloquent que ses paroles, tandis qu'il détaillait le corps ravissant de la jeune fille. Instinctivement, elle éprouva la besoin de se protéger... Mais, déjà, il avait abandonné son examen. Son indifférence eut le don d'exaspérer la jeune fille.

— Nick Alvarez est mon ami ! Un ami de toujours... Et lui au moins travaille pour vivre !

Elle rougit violemment.

— Quand je pense que vous avez osé me dire que je buvais trop ! Personne n'a le droit de me parler ainsi ! Et moins que quiconque un homme qui... qui se montre si désagréable chaque fois que je le vois. Alors, à l'avenir, mêlez-vous de vos affaires, s'il vous plaît ! Tout le monde s'imagine que j'ai besoin de conseils ! Je veux bien écouter ceux de mon oncle Bob, mais certainement pas les vôtres!

D'un geste brusque, elle ôta le chandail et s'apprêta à se lever. Pour l'en empêcher, il posa la main sur ses genoux. Un sourire jouait sur ses lèvres, ce qui décupla la rage de Catherine.

— Oncle Bob? interrogea-t-il. Vous parlez de Bob Latham?

— Oui. A vrai dire, il n'est pas vraiment mon oncle, mais j'ai toujours...

— Ainsi, vous êtes Catherine Hartley!

Son regard ne disait rien de bon à la jeune fille.

— J'aurais dû m'en douter! marmonna-t-il.

— Pourquoi?

— Vous êtes donc cette petite Anglaise dont j'ai tant entendu parler! Oui, j'aurais dû deviner que c'était vous...

Son insolence calculée poussa Catherine à répondre sur le même ton.

— Et moi, j'aurais dû deviner que vous étiez ce bon à rien dont mon oncle me parlait hier! D'après la description, j'avoue que je commençais cependant à avoir quelques soupçons...

Il eut un rire ironique.

— J'ai eu l'occasion d'échanger quelques propos vifs avec Bob Latham. Remarquez, c'est toujours lui qui cherche la bagarre... A mon avis, il devrait surveiller sa tension. Le plus drôle, c'est que cette plage n'a rien de spécial. Alors pourquoi veut-il m'en faire partir? Pour un pauvre type pas très malin comme moi, je vous avoue que toute cette histoire semble assez bizarre...

Catherine lui jeta un rapide coup d'œil. Etait-il pos-

sible qu'il soit au courant de la vente du terrain ? Non...
Bien sûr que non ! Son oncle avait tenu à ce que le secret
le plus total soit respecté. Mais il avait mal jugé leur
adversaire... Loin d'être inoffensif, ce dernier pouvait se
révéler le plus dangereux des ennemis.

— J'y suis maintenant ! reprit-il. Vous êtes l'affreuse
capitaliste propriétaire de tout ce domaine !

— Ce domaine ! releva-t-elle avec un mépris voulu.
Quel grand mot pour un terrain inculte ! Mais vous avez
raison : je possède en effet deux ou trois parcelles en
bordure de la plage de Corail...

— Vous êtes trop modeste !

Ses dents très blanches étincelèrent dans son visage
bronzé.

— D'après ce que j'ai entendu dire, vous possédez la
plus grande partie du terrain, reprit-il. Ainsi, vous êtes
ma propriétaire ?

Il l'enveloppa d'un regard calculateur.

— Il faudrait que nous arrivions à nous entendre au
sujet du loyer... L'ennui, c'est que je suis toujours à
court d'argent. Attendez ! Si nous retournions la situation ? Imaginez que ce soit moi votre propriétaire... Je
suis sûr que nous trouverions sans peine un moyen pour
que vous me régliez votre dû, conclut-il, goguenard.

Catherine devint cramoisie. Le sous-entendu était
clair... Incapable d'en écouter davantage, elle voulut
partir mais il la retint. Au comble de la rage, elle planta
ses ongles dans son bras. Avec une grimace de douleur,
il la lâcha aussitôt.

— Des yeux de tigre... et des griffes de tigre ! commenta-t-il. Je voulais simplement vous dire que, si vous
étiez ma locataire, je serais enchanté de partager mon lit
pliant avec vous.

Déjà, elle était debout, les poings crispés, les yeux étincelants.

— Moi, je vous demande de débarrasser les lieux. Entendu?

Il eut un sourire sarcastique.

— Pourquoi?

— Faites ce que je vous dis, c'est tout. Je ne veux plus vous voir ici. Sinon, je... je...

— Que ferez-vous, j'aimerais bien le savoir! N'oubliez pas que j'ai la loi de mon côté. Votre oncle n'est pas le seul capable de déchiffrer des ouvrages de droit! Je crains que vous ne soyez obligée de me supporter encore longtemps, ma chère!

— Vous... vous...

Catherine avait peine à retrouver son souffle.

— Ecoutez-moi bien, hurla-t-elle. Je réussirai à vous jeter dehors!

— Allons, ne vous mettez pas dans cet état!

Il secoua la tête d'un air réprobateur. Puis, du bout du doigt, il lui effleura la jambe et elle bondit comme s'il l'avait piquée.

— Ah! Vous êtes bien tous les mêmes, vous autres capitalistes! soupira-t-il. Vous ne pensez qu'à l'argent. Je ne lui fais pas de mal, à votre plage! Au contraire, elle est bien plus propre maintenant qu'à mon arrivée. J'ai même enterré une grande plaque de marée noire — une menace pour la flore et la faune! Les tempêtes de cet hiver avaient apporté sur le rivage beaucoup d'ordures. J'ai nettoyé tout cela... Bien entendu, j'ai gardé le bois pour me chauffer. A part quelques morceaux aux formes étranges que j'ai vendus à votre tante pour un prix exorbitant! Alors, vous voyez, je sers à quelque chose, pourquoi ne pas l'admettre? Et si vous me considériez comme votre garde-chasse ou votre régisseur? Ne soyez pas si égoïste, voyons! Partagez votre plage avec moi!

Oubliant toute prudence, Catherine explosa.

— Par pitié, pas de discours ridicules du genre: « Nous sommes tous frères, ce qui est à toi est à moi, etc... » D'autant plus que ce n'est qu'une attitude, je le sais parfaitement. Ne me demandez pas comment j'ai deviné... Je le sens, c'est tout!

Il se leva d'un bond et, menaçant, la domina de toute sa taille. Cela n'empêcha pas Catherine de poursuivre sa diatribe d'un ton plein de défi:

— Vous n'êtes pas plus hippie que moi! Ça vous arrange de jouer ce rôle! Et vous vous justifiez par des pseudo-raisonnements altruistes!

Exaspérée, elle le fixa droit dans les yeux. Mais quand elle surprit son expression, elle recula. Hélas, il était trop tard... Déjà, il l'avait saisie par les épaules et l'attirait contre lui.

— cela suffit, Catherine! Vous parlez beaucoup trop, fit-il d'une voix coupante.

Elle voulut le repousser mais il resserra son étreinte.

— Et maintenant, je vais payer ma première semaine de loyer! annonça-t-il.

Elle rejeta la tête en arrière mais il l'attrapa par les cheveux. La douleur lui amena des larmes aux yeux. Déjà, les lèvres de l'homme se posaient sur les siennes. Il n'y avait aucune douceur dans ce baiser. Seulement de l'hostilité, de la dureté, et tant d'exigence...

Il la maintenait solidement, une main sur son épaule, l'autre dans ses cheveux. Cela n'empêchait pas Catherine de se débattre. Cependant, peu à peu, ce baiser se fit plus tendre et elle s'abandonna... Son cœur battait à tout rompre. Soudain, plus rien ne comptait, sinon ce corps contre le sien, ce corps dur et doux en même temps... Elle ferma les yeux avec une légère plainte de plaisir, tandis que les lèvres de l'homme erraient sur ses joues, derrière ses oreilles, et dans le creux de son cou, là où battait follement une petite veine.

Lorsqu'il la lâcha, elle dut s'appuyer à lui, toute étourdie.

— Cela servira aussi d'acompte pour le loyer de la semaine prochaine! lança-t-il, moqueur.

Catherine recula brusquement. Furieuse contre elle-même et contre sa faiblesse, elle s'efforça cependant de n'en rien montrer. Avec nonchalance, elle brossa quelques grains de sable sur son short. Puis, sans lui adresser un seul regard, elle se dirigea vers la plage. Elle ne pensait pas qu'il la suivrait, mais il la rejoignit au moment où elle arrivait près de Iago. Avec des mains tremblantes, elle se mit en devoir de dénouer les rênes.

— Que faites-vous? interrogea-t-il.

— Je m'en vais.

Il lui arracha les rênes des mains.

— Sûrement pas sur Iago! A pied, oui!

— Mais Iago va très bien! protesta-t-elle. Regardez: il ne boite même pas. Je peux le monter!

En fait, elle n'en avait aucune intention. Elle était prête à parcourir à pied la longue distance séparant la plage des écuries. Mais une nouvelle fois, il avait réussi à la provoquer, et une nouvelle fois, elle se butait.

Il l'écarta de Iago.

— Pas question de rentrer à cheval. Tâchez de faire entrer cela dans votre petite tête, entendu?

— Par exemple ! Pour qui vous prenez-vous ? explosa-t-elle. Vous m'avez peut-être obligée à vous embrasser, mais...

— Je vous ai obligée à m'embrasser ? Ma chère, vous étiez plus que consentante !

Hors d'elle, elle lui envoya un coup de pied. Elle portait seulement des tennis mais elle frappa de toutes ses forces et l'atteignit à la cheville. Il sursauta, fou de rage.

— Tigresse ! Vous m'avez d'abord griffé, ensuite j'ai eu droit aux insultes... Et maintenant vous m'attaquez à coups de pied ? Ah ! Il serait temps que quelqu'un vous donne une bonne leçon. J'en ai bien envie...

Terrifiée, Catherine prit la fuite. Il la rattrapa sans peine et la chargea sur son épaule. Elle lui martelait la poitrine de ses poings, mais déjà, il franchissait les premières vagues. Sans autre forme de procès, il la jeta à l'eau. Catherine disparut sous l'eau et émergea quelques instants plus tard en toussant, la respiration coupée.

Il s'était assis à peu de distance pour contempler la scène. Son sourire eut le don d'exaspérer la jeune fille. Elle savait pourtant que le spectacle devait être comique, mais son sens de l'humour avait momentanément disparu. La tête haute, sans lui adresser un seul regard, elle se dirigea vers le cheval.

— Je vous ai dit que vous n'alliez pas le monter !

— Mais je n'en ai pas l'intention ! rétorqua-t-elle entre ses dents serrées. Je vais le ramener à pied par la plage.

— Laissez-le moi. J'ai promis à Brownlow de lui donner un coup de main ce soir...

Voyant l'expression de la jeune fille, il ajouta :

— Même un hippie doit manger, vous savez! Alors, ne vous inquiétez pas, je ramènerai Iago à l'écurie.

Elle lâcha les rênes et s'éloigna en pataugeant dans ses chaussures pleines d'eau.

— Et où allez-vous maintenant? demanda-t-il.

— Sur la route. Je vais faire du stop.

— Ce n'est pas raisonnable de partir maintenant. Attendez d'avoir séché un peu...

— Comment cela?

— Hum...

Son sourire se fit suggestif. Catherine suivit son regard et n'eut pas besoin d'explications supplémentaires. Elle ne portait pas de soutien-gorge et son chemisier ruisselant soulignait ses seins fermes avec une telle précision qu'on aurait pu la croire nue. L'espace d'un instant, elle crut qu'il allait la reprendre dans ses bras et instinctivement, elle recula. Il se contenta de rire et, d'un geste ironique, lui fit comprendre qu'elle pouvait disposer.

Ecarlate, elle tourna les talons. Hélas, il avait raison... Dans cette tenue, elle ne pouvait pas se risquer à faire du stop. Elle devait rentrer à pied par la plage. Mais il faisait si chaud que ses vêtements seraient secs avant qu'elle ait regagné Port Charlotte. Elle franchit l'épi et comme ses chaussures mouillées commençaient à lui faire mal, elle les ôta et se mit à marcher pieds nus.

— Cat! Vous avez oublié quelque chose!

Elle se retourna pour voir son chapeau atterrir à quelques pas.

— Bonne promenade, Cat!

Elle récupéra son chapeau avant de repartir, poursuivie par l'écho d'un rire. Un rire odieux...

4.

— Une lettre pour toi!

Lucilla fit tomber le rectangle bleu expédié par voie aérienne sur les genoux de Catherine. Puis elle prit place aux côtés de sa nièce à l'ombre de la véranda, tout en s'éventant avec son chapeau de soleil. Catherine déchira l'enveloppe d'un coup d'ongle.

— C'est la fille avec qui je partage un appartement à Londres qui m'écrit. Elle voudrait savoir si je vais revenir ou non.

— La question se pose-t-elle vraiment?

— Eh bien...

Catherine hésita avant de lancer d'un trait:

— Je n'ai pas envie de retourner là-bas. J'avais d'ailleurs pris un aller simple pour Saint-Hilaire... Mais tu n'es pas contente? J'aurais cru que...

Lucilla lui prit la main.

— Bien sûr que je suis contente, ma chérie. Et ton oncle va être fou de joie! Mais est-ce raisonnable? Je pense à ton père... Il était fier d'avoir une fille aussi intelligente. Il t'aurait certainement poussée à faire une brillante carrière. Même si cela t'obligeait à vivre en Angleterre...

— Papa et maman ne sont plus de ce monde...

La lèvre inférieure de Catherine se mit à trembler, mais elle poursuivit courageusement :

— Si tu savais combien je me sentais seule à Londres, loin de l'île... Et il faisait toujours si froid !

Un frisson rétrospectif la saisit.

— Vois-tu, tante Lu, à Saint-Hilaire je suis vraiment chez moi. C'est ici que je veux vivre. Pas ailleurs !

Sa tante lui tapota la main.

— Si ta décision est prise, ma chérie... Tu sais combien cela nous fait plaisir de t'avoir avec nous !

— L'autre soir, tu disais que tu aurais du mal à gérer seule la villa Cannelle une fois l'affaire lancée. Veux-tu que je t'aide ? Je suis capable de taper à la machine, de tenir un secrétariat, d'aller chercher tes locataires à l'aéroport, etc...

— Mais une fois la plage de Corail vendue, tu n'auras plus besoin de travailler. Tu deviendras une riche héritière ! fit sa tante, avec un sourire affectueux.

— On dit qu'il ne faut jamais vendre la peau de l'ours avant de l'avoir tué ! Et oncle Bob t'a-t-il parlé de mon idée ? Je voudrais faire don à l'hôpital d'un service de puériculture comportant des chambres pour les familles. Ainsi les mères auraient la possibilité de rester auprès de leurs enfants malades.tu te souviens ? C'était le rêve de maman...

— Oui, ton oncle m'en a parlé...

Lucilla fit une grimace et Catherine éclata de rire. Quand elle lui avait fait part de son projet, son oncle avait poussé de hauts cris. « Mais tu es folle, ma pauvre fille ! Tu es beaucoup trop bonne ! Tout comme tes parents, d'ailleurs... »

— Rien de ce qu'il pourra dire ne me fera changer d'avis, déclara Catherine d'un ton ferme. Si l'affaire se fait, je tiens à témoigner à l'île ma reconnaissance pour toutes les merveilleuses années que nous avons passées ici. Il me restera bien assez d'argent !

— Tu sais, ma chérie, tes parents étaient formidables mais tu les vaux bien. Ils seraient fiers de toi !

Lucilla adressa un sourire plein de tendresse à la jeune fille.

— Et j'ai en effet besoin d'être secondée. L'entrepreneur doit d'un jour à l'autre se mettre au travail dans les anciennes écuries. Je veux en transformer la moitié en studios de luxe. Dans le reste, j'installerai une boutique !

— Une boutique ? s'étonna Catherine.

Sa tante se mit à rire.

— Eh oui ! Cela ne plaît guère à ton oncle, mais je suis sûre d'avoir raison. A Port Charlotte, en dehors des boutiques créoles et du magasin de Mme Munoz — qui vend des robes en soie pour un prix fou — on ne trouve rien ! Il y a là un vide à combler, ce sera le rôle de la boutique Cannelle !

— Quelle bonne idée !

— Si tu veux vraiment travailler, tu pourras commencer demain. Le premier bungalow est presque terminé, il ne reste plus qu'à y apporter les quelques touches finales : suspendre les tableaux, etc... Et Mandy, une artisane qui fait de très jolis batiks, doit m'apporter demain après-midi une paire de rideaux. Or j'avais complètement oublié mon rendez-vous chez le dentiste...

— Tu veux que je la reçoive?

— Si tu n'as rien de plus intéressant à faire…

Catherine éclata de rire.

— Rien! Dans l'avion qui m'amenait ici, je me voyais entraînée dans une folle ronde de fêtes, de pique-niques ou de barbecues… Hélas, tous ceux qui n'ont pas quitté Saint-Hilaire sont pris par leurs occupations. Alors tu me fais une faveur! Je commençais à en avoir assez de passer mes journées seule sur la plage!

Catherine bâilla tout en s'étirant paresseusement dans le hamac de son oncle. Suspendu entre deux palmiers, il se balançait doucement, avec de petits craquements réguliers. Après avoir passé la matinée à mettre de l'ordre dans le bungalow, la jeune fille s'était offert une petite sieste. Elle s'étira de nouveau, comme un chat. Puis elle changea de position, gênée parce que les liens de son bikini lui sciaient les épaules. Elle avait retrouvé cet ancien bikini noir trop petit pour elle au fond d'un placard mais après l'avoir essayé, avait renoncé à le porter sur la plage. Il découvrait trop ses seins épanouis. Mais dans le jardin clos et protégé de la villa, elle n'hésitait pas à le mettre. Elle défit la fermeture du soutien-gorge et baissa les bretelles pour éviter les marques blanches disharmonieuses sur son bronzage.

Les yeux clos, elle s'éventa avec son livre. Il faisait très chaud, même sur les collines dominant la ville écrasée par le soleil. Pas un souffle de vent ne rafraîchissait l'atmosphère.

Tendant la main vers la corbeille posée dans l'herbe, elle choisit une grosse mangue. La peau du fruit était chaude sous ses doigts. La jeune fille planta ses dents dans la chair dorée, succulente. « C'est cela, le bonheur ! » songea-t-elle avec délices.

Les palmes des cocotiers bruissaient au-dessus de sa tête. Un insecte bourdonnait dans les buissons. Et le hamac continuait à se balancer au rythme de sa respiration. Un filet de jus de mangue glissa le long de son bras. Sans hâte, sensuellement, elle le lécha.

Soudain, une ombre lui cacha le soleil. Qui venait la déranger ? Quand elle reconnut l'intrus, la respiration lui manqua. Sans réfléchir, elle se redressa brusquement. Alors le hamac se retourna et elle tomba dans l'herbe.

Luke Devinish n'eut pas un geste pour l'aider à se relever. Il se contenta de rire en voyant son expression déconfite.

— Que voulez-vous ? interrogea-t-elle.

Il haussa les sourcils.

— Avant de m'accueillir avec votre amabilité habituelle, vous devriez remettre votre maillot.

Elle s'aperçut que le haut de son bikini ne couvrait plus grand chose. Ses seins et leur bout rosé étaient exposés au regard appréciateur de son visiteur. Cramoisie, elle s'empressa d'enfiler la tunique en lin noir assortie à son maillot.

— Que voulez-vous ? redemanda-t-elle.

— Je suis allé à la villa mais il n'y avait personne...

— Alors vous vous êtes permis de faire un tour au jardin, commenta-t-elle, glaciale.

Debout de l'autre côté du hamac, elle ne le quittait pas des yeux. On aurait cru un joueur de tennis qui, au cours d'un match acharné, surveille avec vigilance les moindres mouvements de son adversaire.

— Je cherche votre tante. Est-elle ici ?

— Non, et elle ne reviendra pas avant plusieurs heures. Par conséquent, inutile de l'attendre.

Elle voulut passer devant lui mais il la saisit par le bras et l'obligea à lui faire face. Son visage n'exprimait rien de bon. Craignant de recevoir un coup, Catherine eut un mouvement de recul.

— Dites-moi, Cattie... Personne ne vous a jamais donné une bonne fessée ?

Il la secoua sans douceur avant de la repousser brusquement. On aurait cru qu'il avait peur de ses propres réactions. Abasourdie, Catherine se laissa tomber dans un fauteuil. Pendant quelques instants, elle fut incapable de retrouver sa voix.

— Je... je vous l'ai déjà dit, balbutia-t-elle enfin. Ma tante n'est pas là !

Se rappelant soudain qu'elle était désormais l'assistante de Lucilla Latham, elle ajouta :

— Je lui ferai part de votre visite, monsieur Devinish. Bon après-midi !

Refusant de comprendre l'allusion, pourtant claire ! il vint s'asseoir près d'elle. Tout dans son attitude disait qu'il partirait quand il le jugerait bon. Pas avant. Catherine serra les poings. Cette situation était du plus haut ridicule. Chaque fois que le hasard les mettait en présence, c'était lui qui se trouvait en position d'infériorité. Et en quelques secondes, il parvenait à retourner la situation et à prendre l'avantage !

La voix de Luke Devinish la ramena à la réalité.

— Quand je suis entré dans ce jardin, j'ai cru être au paradis terrestre. Des fleurs exotiques, aux parfums envoûtants, le chant des oiseaux... Jusqu'à une nymphe étendue dans son hamac qui mangeait une mangue de la façon la plus sensuelle qui soit. Au lieu d'une banale pomme, c'est la mangue qui devrait être le fruit défendu. Vous ne croyez pas ?

Une lueur narquoise brillait dans ses yeux gris. Il semblait beaucoup s'amuser mais Catherine n'avait aucune envie de rire.

— J'ai oublié de vous demander si vous aviez fait une bonne promenade la semaine dernière ! s'exclama-t-il avec ironie.

Au souvenir de son humiliation, elle serra les lèvres. Volontairement, elle ignora la question pour lui en poser une autre :

— Etes-vous venu m'apprendre votre intention de libérer mon terrain ?

— Pourquoi choisir un sujet de conversation aussi déplaisant, Cattie ? Juste au moment où nous commencions à bien nous entendre !

Catherine avait l'impression de jouer au chat et à la souris. Un jeu dont Luke Devinish avait bouleversé toutes les règles, car jamais le rôle de la souris n'aurait dû lui revenir !

— J'aimerais, s'il vous plaît, que vous libériez mes terres de votre présence, fit-elle d'un ton sec. Et cela, dès que possible !

— Je crains justement que ce ne soit pas possible.

Catherine adopta le ton assuré d'une femme d'affaires.

— J'ai autorisé M.Latham à vous offrir une somme d'argent plus que généreuse, poursuivit-elle. Cela vous permettra de quitter Saint-Hilaire et d'aller vous installer sur une autre...

— Quand parviendrez-vous à faire entrer ceci dans votre petite tête d'idiote ? coupa-t-il avec exaspération.

Et, martelant ses syllabes :

— Contrairement à ce que vous et votre oncle pensez, certains hommes ne s'achètent pas. Votre argent ne m'intéresse pas ! Seigneur, je jugeais déjà assez mal Latham...

— Ne parlez pas d'oncle Bob sur ce ton ! Vous ne le connaissez pas !

— Ah non ? A votre avis, que doit-on penser d'un individu prêt à livrer une jolie plage comme la plage de Corail à Brannan International ?

— Brannan International ! s'écria Catherine.

Elle s'efforça de cacher sa stupeur.

— Mais que... que voulez-vous dire ? balbutia-t-elle.

— Oh, je vous en prie ! Ne prenez pas cet air innocent ! Vous savez parfaitement que je parle du juteux petit arrangement que vous et votre oncle complotez avec Brannan.

Il eut un rire dur.

— Vous croyez vraiment qu'une affaire de ce genre pouvait rester longtemps secrète dans un endroit comme Saint-Hilaire ?

Catherine savait que les ragots allaient bon train à Port Charlotte. Ici, tout était sujet à commérages... Malgré les efforts de son oncle, la nouvelle avait donc filtré... Elle était même parvenue aux oreilles de Luke Devinish ! Où avait-il pu en avoir vent ? Au *Lord Nelson*, vraisemblablement.

— Si vous voulez vendre, pourquoi à Brannan ? interrogea-t-il un peu plus doucement.

— En quoi cela vous regarde-t-il ? Vous n'êtes même pas un insulaire ! Vous n'êtes qu'un... un étranger !

— Et vous, vous n'éprouvez aucun scrupule à vendre

60

à un groupe d'étrangers! La plage de Corail est là plus belle de l'île. Vous et votre oncle, vous êtes prêts à la laisser tomber entre les mains de requins comme les Brannan? Mais pour eux, la beauté ne compte pas! C'est quelque chose qu'on achète... et que l'on souille!

Les yeux agrandis, Catherine le fixait sans mot dire. Pourquoi une telle virulence? On ne se mettait pas dans un état pareil à cause d'une jolie petite plage. Or Luke Devinish semblait considérer cette vente comme un affront personnel. Il haïssait Brannan, c'était évident. On aurait cru qu'il poursuivait quelque vengeance implacable contre cette multinationale.

— Ecoutez-le avec ses vertueux discours au sujet de la beauté! se moqua-t-elle. Mais vous avez tort de vous inquiéter, car j'ai l'intention de faire ajouter au contrat de vente une clause nécessaire concernant la protection de la plage de Corail. Moi non plus, je ne veux pas qu'elle soit abîmée! Personne n'y construira un monstre de béton, soyez tranquille!

Il ricana.

— Etes-vous une hypocrite ou une naïve? Vous ne comprenez pas que dès que les Brannan auront mis les mains sur ce terrain, aucune clause ne les retiendra! Si vous vous imaginez qu'un bout de papier peut les arrêter quand il s'agit de faire de gros bénéfices!

Catherine se souvint des paroles de son oncle.

— M.Brannan est très respectueux des lois...

— Le vieux Brannan? Oui, c'est vrai... Mais il n'est plus qu'un fantoche à la tête de la compagnie. Ceux de la nouvelle génération sont loin de partager ses scrupules. Pour eux, un contrat est fait pour être manipulé. A leur avantage, bien entendu!

— Alors, attention! Car dès que la vente sera conclue, Brannan arrivera avec ses bulldozers et votre cabane ne résistera pas longtemps.

— Vous oubliez un détail, ma chère. Tant que je resterai là-bas, vous n'aurez pas le droit de vendre.

— Grâce à une loi ridicule! s'exclama Catherine avec colère. Ce qui n'empêche pas que la plage de Corail m'appartient! Vous le savez parfaitement!

Il la toisa d'un air sarcastique. Jusqu'où pouvait-il aller dans la provocation? A quoi bon poursuivre la discussion? Cet homme refusait d'entendre la voix de la raison. Et elle n'allait certainement pas le supplier à genoux de quitter la plage de Corail... Elle devinait sans peine comment une telle requête serait accueillie!

— Donc, vous étiez venu voir ma tante, fit-elle avec une politesse glacée.

— Je lui ai apporté ceci.

Il désigna l'énorme coquillage en forme de conque qu'il avait posé un peu plus loin dans l'herbe. Catherine le souleva avec précaution.

— Comme il est beau! s'exclama-t-elle.

Avec appréhension, elle se rappela soudain avec quelle cruauté on extirpait le malheureux mollusque hors de sa coquille.

— Avez-vous...

Il devina ses craintes.

— Non, je n'ai pas préparé la coquille moi-même. Je l'ai trouvée chez un pêcheur...

Sa voix se chargea d'ironie.

— Ces mains-là ne sont pas des mains de boucher!

Sa gorge se serra. Les doigts de Luke pouvaient être précis, cruels, et aussi sans pitié... Elle regarda la coquille en spirale. L'intérieur, bordé d'une précieuse dentelle translucide, comme amidonnée, était d'un rose infiniment délicat. Catherine leva la conque vers le ciel et s'émerveilla de sa luminescence.

Tant de beauté... quel apaisement! Elle en avait oublié la présence de Luke... Il s'agenouilla à ses côtés et lui effleura le bras dans une très légère caresse. La jeune fille frémit de plaisir.

Elle reposa le coquillage dans l'herbe avant d'aller se rasseoir, s'efforçant de retrouver sa maîtrise d'elle-même. Elle ne voulait pas rester plus longtemps en compagnie de cet homme... « Je vais aller m'enfermer dans la villa », se dit-elle. « Il n'osera pas m'y suivre. » Elle tendit la main pour récupérer son livre. Trop tard... Luke avait devancé son geste.

Il jeta un coup d'œil à la couverture avant de hausser les sourcils d'un air sardonique.

— *Les poèmes d'amour de John Donne*, cita-t-il. Hum... Voilà une lecture bien sérieuse pour un après-midi de canicule...

Catherine devint écarlate.

— Rendez-moi mon livre, s'il vous plaît.

Elle voulut se lever mais il la retint.

— Eh oui..., murmura-t-il, songeur. Les poèmes de John Donne, et une fille à moitié nue dans un hamac, dégustant un fruit tropical... Tout cela est fort sensuel!

Son index bronzé remonta lentement le long du bras de la jeune fille. Pétrifiée, comme hypnotisée, elle ne bougeait pas. « Je suis folle! » songea-t-elle. « Je devrais le fuir... » Au lieu de cela, elle se laissa aller vers lui, les yeux à moitié clos.

Sans même ouvrir le livre, il récita très bas, comme pour lui seul:

— « Je me demande, en vérité, ce que nous faisions, vous et moi, avant de nous aimer. »

Sidérée, elle rouvrit brusquement les yeux. « Par quel diabolique instinct a-t-il choisi mon poème favori ? » se demanda-t-elle.

Sa stupeur ne tarda pas à faire place à la colère. Cet homme échappait donc à toutes les classifications ? Il aurait été tellement plus simple de le mettre une fois pour toutes dans la catégorie des hippies, des bons à rien... et de ne plus penser à lui ! Au lieu de cela, il s'imposait à chaque instant... Pas sur ses terres, cette fois ! Mais elle ressentait davantage cette intrusion dans son jardin secret, celui de la poésie.

A aucun prix, cependant, elle ne voulait lui laisser deviner la profondeur de ses sentiments.

— Aimez-vous les poètes métaphysiques ? interrogea-t-elle, s'efforçant de parler d'un ton naturel.

— Cela dépend. J'aime beaucoup John Donne... Cela vous étonne ? Vous devriez sortir de votre petite tête l'idée préconçue selon laquelle tous les vagabonds de mon genre sont complètement analphabètes ! Quelques-uns peuvent compter jusqu'à dix, vous savez ! Moi, j'ai même appris à lire il y a deux ans. Je vous assure que certains d'entre nous sont des types intéressants. Mais cela, jamais vous ne l'admettrez, cela détruirait vos idées toutes faites !

Il semblait lire en elle comme dans un livre ouvert et Catherine se sentait de plus en plus mal à l'aise.

— Cependant, poursuivit-il d'un air songeur, dévorer des poèmes d'amour, cela ne suffit pas. A moins que ces poèmes ne représentent pour vous un ersatz ?

— Comment cela, un ersatz ? s'entendit-elle demander d'une voix rauque qu'elle ne se connaissait pas.

— De cette manière, vous ne risquez pas de souffrir.

Il lui caressa de nouveau le bras, faisant naître sur sa peau mille sensations exquises.

— Si vous vous contentez de lire tranquillement quelques sonnets galants, pas de danger pour que l'amour vous déchire, vous brûle, vous consume...

Les accents de sa voix atteignaient une corde sensible chez la jeune fille.

— Je me demande si vous accepteriez de courir un tel risque, Cattie. Peut-être... A condition que ce soit avec l'homme qu'il faut.

Elle restait très raide sur son siège. Elle aurait voulu protester, discuter... et surtout, rompre le charme entretenu par cette voix veloutée. Mais, hypnotisée, elle ne bougeait pas. Un frisson la saisit quand Luke passa la main sous sa tunique pour la poser sur ses reins.

— « Permets à mes mains d'errer... Laisse-les aller
   Devant, derrière, au-dessus, en dessous... »

Sa voix n'était plus qu'un murmure. Il l'effleurait à peine mais cela suffisait à la faire vibrer toute entière. Sous les caresses de Luke, mille étincelles explosaient sur sa peau. Son cœur battait à tout rompre et elle frémissait, en proie à une délicieuse attente. Si sa raison lui disait qu'elle devait absolument rompre l'enchantement, son corps, envahi par une douce langueur, s'y refusait obstinément.

— « Oh, mon Amérique — ma terre nouvellement
   trouvée,
   Ma mine de pierres précieuses, mon empire,
   Combien je suis heureux de t'avoir découverte... »

La main de Luke descendit jusqu'au creux de ses reins et y resta. La respiration de Catherine devint plus profonde. Elle avait l'impression de sombrer dans un océan de sensualité. Autour d'eux, le jardin semblait retenir son souffle. Le parfum des fleurs, un peu entêtant, lui parvenait par bouffées exquises. Ses yeux étaient à moitié clos, pourtant elle vit un minuscule oiseau aux couleurs chatoyantes plonger et replonger dans la corolle écarlate d'une fleur d'hibiscus.

— D'un autre côté, peut-être était-il plus proche de la vérité lorsqu'il écrivait : « Et je le jure, nulle part au monde n'existe une femme sincère et honnête... » Cela sonne plus juste, vous ne trouvez pas ?

Son ton s'était soudain durci. Alanguie, toute à son plaisir, Catherine ne s'était pas aperçue qu'il avait retiré sa main. Elle souleva les paupières et, stupéfaite, rencontra son regard. Un regard glacial. Son visage exprimait seulement le dédain. Elle retrouvait l'étranger qui s'était montré si méprisant lors de leur première rencontre sur la plage. Désorientée par son brusque changement d'attitude, elle demeura silencieuse, incapable de parler.

— Vous n'êtes pas de mon avis ? reprit-il.

Il y avait tant de sarcasme dans sa voix qu'elle tressaillit.

— Non..., balbutia-t-elle enfin. Je n'aime pas ce vers. Je le trouve tellement cynique, tellement insensible...

Il eut un rire bref.

— Vous ne pensez pas, par hasard, que John Donne a été amené à l'écrire à cause d'une petite... garce ?

Il avait lancé ce dernier mot avec un mépris profond. De plus en plus abasourdie, Catherine ne trouva rien à répondre.

— Car toutes les femmes sont corrompues jusqu'à la

moelle! poursuivit-il. Et vous ne valez pas mieux que les autres! N'est-ce pas, ma chère?

Il l'obligea à se tourner vers lui. Leurs visages étaient si proches qu'elle dut le fixer droit dans les yeux. Un cercle plus sombre entourait ses prunelles grises, et ses pupilles étaient d'un noir d'encre, comme ses cils épais.

— N'est-ce pas? répéta-t-il.

Il la secoua sans douceur.

— Ah! Ces grands yeux innocents pleins de larmes!

Vivement, Catherine battit des paupières pour dissimuler son regard.

— Un homme pourrait se noyer dans ces yeux-là... Mais comme vous me méprisez, moi, le bon à rien, le vagabond! C'est ainsi que vous me voyez, je le sais! Et pourtant il a suffi de si peu: quelques mots tendres, une caresse... En a-t-il fallu plus? Niez-le!

Il la repoussa. Catherine tremblait de tous ses membres. Elle aurait voulu s'enfuir, mais ses jambes ne la portaient plus. D'un air implorant, elle se tourna vers lui, prête à le supplier de ne pas si mal la juger. Mais quand elle vit son expression de cruelle satisfaction, les mots moururent sur ses lèvres.

Elle comprenait maintenant, et trop bien hélas, qu'elle n'avait été qu'un jouet entre ses mains. Depuis le début... Elle l'avait confirmé dans la cynique opinion qu'il avait des femmes. Au travers d'elle, il se vengeait de toutes les autres. Et maintenant il l'observait comme un enfant observe une mouche clouée par une épingle. Avec le même détachement, la même perversité... Et comme une mouche, elle se débattait désespérément sans pouvoir tenter le moindre mouvement de défense.

— Il y a quelqu'un?

Une jeune femme apparut au bout de l'allée et se dirigea vers eux. S'efforçant de réprimer les tremblements qui l'agitaient, Catherine agrippa les accoudoirs de son fauteuil avec des mains moites. Evitant le regard de Luke, elle réussit à se mettre debout et s'appuya au dossier de son siège. Cramoisie un instant auparavant, elle était maintenant très pâle. Un léger étourdissement la saisit.

Cependant elle avait retrouvé sa maîtrise d'elle-même quand la jeune femme les rejoignit. Longue, mince et superbe, la nouvelle venue était à peine plus âgée qu'elle. Elle portait un short blanc très court et un T-shirt bleu très échancré qui dévoilait son décolleté superbe.

Catherine esquissa un pas en direction de la visiteuse. Mais cette dernière ne lui prêtait aucune attention. Avec désinvolture, elle jeta son sac en paille dans l'herbe.

— Luke! Par exemple... Mais où étais-tu passé?

Il se leva, souriant.

— Bonjour, Mandy. Toujours aussi jolie, je vois...

Lui nouant les bras autour du cou, elle lui couvrit les joues de baisers.

— Oh! Je m'ennuyais tant de toi! soupira-t-elle.

A côté de cette splendide créature, Catherine se sentait incroyablement gauche — et tellement insignifiante! Par-dessus l'épaule de Mandy, Luke lui adressa un coup d'œil ironique.

— Et si tu me présentais ta jeune amie, chéri? demanda Mandy.

Elle adressa à Catherine un regard froid et inquisiteur.

« Jeune amie! » songea cette dernière, suffoquée. « Incroyable... »

68

— Je peux très bien me présenter toute seule, déclara-t-elle tout haut.

Son ton était sec, ses lèvres pincées.

— Catherine Hartley. Et vous devez être...

— Oh! La nièce de Lu qui vient d'arriver d'Angleterre! coupa Mandy.

Tout en restant courtoise, elle réussissait à se montrer suprêmement dédaigneuse. Catherine, encore meurtrie par la scène qui venait d'avoir lieu, se sentit piquée au vif.

— Oui, la nièce de Mme Latham, déclara-t-elle avec la même froideur polie. En son absence, ma tante m'a demandé de régler tous les problèmes avec le *personnel*. Je vous écoute...

— Tsst, tsst, Cattie! s'exclama Luke.

Il se tourna vers Mandy.

— Il ne faut pas lui en vouloir. Elle se croit très au-dessus des honnêtes travailleurs comme toi et moi...

— Vous, je ne vous ai pas demandé votre avis! lança Catherine.

Elle enfouit ses poings crispés dans les poches de sa tunique de plage.

— Vous avez probablement apporté le batik qu'attendait ma tante, dit-elle à Mandy. Si vous voulez bien me le laisser, je le lui donnerai dès son retour.

— Bien sûr!

Mandy tendit un paquet à Catherine. Cette dernière s'en empara si maladroitement qu'elle laissa tomber l'un des rideaux dans l'herbe. Sur une étoffe d'un bleu-vert très pâle, Mandy avait imprimé au batik des motifs abstraits dans des tons cannelle, chocolat et noir. L'ensemble évoquait un paysage sous-marin.

— Comme c'est beau! s'exclama Catherine. Ma tante va être ravie!

Un peu radoucie, Mandy haussa les épaules.

— Oh! C'est mon travail.

Là-dessus, elle se mit en devoir de replier le rideau. Luke en profita pour poser le bras sur ses épaules nues. Comme hypnotisée, Catherine les regardait...

Soudain inquiète de ce que pouvait révéler son expression, elle baissa les yeux.

— Je demanderai à ma tante de vous téléphoner, déclara-t-elle.

En tentant de contrôler sa respiration saccadée, serrant les rideaux contre sa poitrine, elle se dirigea vers la maison. Ils la suivirent. Elle accéléra l'allure, s'efforçant de ne pas écouter leur conversation.

Un *buggy* rose vif était garé dans la cour. « Evidemment, j'aurais dû m'attendre à un engin de ce genre! » se dit Catherine. Elle aurait voulu retrouver son mordant, mais n'y parvenait pas. Jamais elle ne s'était sentie aussi déprimée. Luttant contre le désir de fuir, elle resta cependant près du *buggy*. Luke et Mandy la rejoignirent. Il la tenait toujours par les épaules et ses doigts frôlaient le haut de sa poitrine.

L'ignorant délibérément, Catherine s'adressa seulement à Mandy.

— Puis-je vous offrir quelque chose à boire? demanda-t-elle, cérémonieuse. Que préférez-vous? Une bière froide? Ou bien du café frappé?

— Rien, merci. Je suis pressée...

Mandy lui adressa un bref sourire avant de se tourner vers Luke.

— Chéri, tu viendras chez Nick vendredi prochain, j'espère!

Les yeux dorés de Catherine s'assombrirent. Nick l'avait invitée à fêter son anniversaire et elle comptait les jours qui la séparaient de cette soirée. Mais maintenant...

— Bien sûr que j'ai l'intention d'y aller ! assura Luke.

La lueur que Catherine détestait tant brillait de nouveau dans ses prunelles.

— Mais que vous arrive-t-il, Cattie ? ironisa-t-il. Nick est la générosité même. Il ne veut laisser personne à l'écart... Seriez-vous choquée parce qu'un vagabond comme moi a eu droit à une invitation ?

— Non, mais...

— Ne vous inquiétez pas, je m'arrangerai pour que vous n'ayez pas honte de moi. Je crains cependant de ne pouvoir m'offrir un smoking...

« Pour rien au monde je n'irai au *Lord Nelson* vendredi », se promit Catherine. Elle réussit à sourire, tourna les talons et se dirigea vers la villa.

La voix de Mandy parvint jusqu'à ses oreilles.

— Je te ramène, chéri ! J'ai tellement envie de revoir ta jolie petite cabane...

Arrivée en haut des marches, Catherine vit le *buggy* sortir de l'allée dans un nuage de poussière rouge. Appuyant sa joue brûlante contre l'un des piliers de la véranda, elle ferma les yeux, en proie à une immense tristesse. Comme son cœur était lourd ! Si elle s'était écoutée, elle serait rentrée au Moulin de l'Espoir pour pleurer tout son soûl... Mais se sentirait-elle mieux après ? D'instinct, elle savait que non.

« Mon Dieu, mais que m'arrive-t-il ? » se demanda-t-elle.

Peut-être était-elle malade ? Une épidémie de dengue,

cette espèce de grippe tropicale, sévissait en ce moment. Elle avait dû l'attraper... Au moins, ce serait une excuse pour ne pas aller chez Nick vendredi ! Elle imagina Luke et Mandy étroitement enlacés sur la piste de danse... Et, comme un éclair, la réalité s'imposa à elle. Ah ! Il était bien question de fièvre ! Elle était tout simplement jalouse ! Jalouse de Mandy. Jalouse de toutes les filles auxquelles Luke s'intéressait.

Elle aurait voulu qu'il la regarde comme il regardait Mandy. Elle aurait voulu partager avec lui la même complicité. Elle rêvait de sentir à nouveau ses mains sur elle...

« Mais je ne peux pas réagir ainsi alors que je le hais, que je le méprise ! » songea-t-elle, furieuse contre elle-même.

En proie à une vague de désespoir, elle cacha son visage entre ses mains. Soudain, elle n'avait plus le courage d'attendre le retour de sa tante... Elle griffonna un petit mot qu'elle déposa sur les rideaux en batik : sa tante ne pourrait pas manquer de le trouver. Puis, tout en fouillant son sac à la recherche de ses clés, elle courut vers sa voiture. Oh ! Comme elle avait hâte de fuir...

5.

Catherine ouvrit le robinet de la douche en grand et sursauta quand une trombe d'eau froide frappa sa peau brûlante. Elle s'obligea à rester sous le jet pendant de longues minutes. Ainsi, elle avait l'impression de se débarrasser de l'empreinte des mains de Luke sur son corps, de se purifier, d'oublier tout souvenir de leur étreinte passionnée.

Enfin, elle s'enveloppa dans un peignoir et alla s'asseoir sur la véranda. Elle se sentait revivre. Toute trace de Luke avait disparu...

« Sur mon corps peut-être », songea-t-elle en buvant à petites gorgées la tasse de thé que Mattie venait de lui apporter. « Mais pas dans ma tête, hélas! »

Elle avait honte d'elle-même. Oh! Pourquoi était-elle restée au jardin? Dès l'arrivée de Luke, elle aurait dû se retirer avec hauteur. Au lieu de cela, elle l'avait laissé jouer avec elle. Et de ce jeu, elle sortait meurtrie. Comme elle avait été sotte de perdre ainsi la tête... Et il avait suffi de si peu! La chaleur de l'après-midi, quelques vers, un homme séduisant — et toutes ses défenses, ses appréhensions, avaient disparu.

Mais cela ne se reproduirait plus. Jamais ! Quant à la fête... eh bien, elle irait, après tout ! Elle l'avait promis à Nick, son ami de toujours. Elle aurait bien tort de ne pas se montrer vendredi au *Lord Nelson* ! Car Luke devinerait les raisons de son absence et ne manquerait pas de triompher.

Comment leur squatter avait-il pu être au courant des projets de Brannan ? Elle songea un instant à prévenir son oncle puis repoussa cette idée. Avec un peu de chance, l'affaire passerait devant les tribunaux dans quelques jours. Inutile que son oncle se fasse des soucis à l'avance. D'autant plus que le juge leur accorderait certainement raison et signerait l'arrêt d'expulsion de Luke.

Luke... Mais qui était cet étranger, ce vagabond qui s'était déclaré son ennemi ? Il semblait être animé par un souci de vengeance. Une espèce de croisade — pas contre les multinationales en général, cela, elle l'aurait encore compris —, mais contre Brannan International.

Un léger sourire lui vint aux lèvres. Soudain, elle plaignait presque cette société... Les directeurs de Brannan ignoraient à quel genre d'adversaire ils avaient affaire ! Catherine savait maintenant que sa première impression avait été la bonne. Luke Devinish n'était pas un rêveur oisif prêt se battre contre des chimères. Certes, il demeurait très convaincant dans son rôle de hippie. Mais derrière ce masque se cachait un homme intelligent et impitoyable, capable d'aller jusqu'au bout des objectifs qu'il se fixait.

Et comment avait-il appris l'existence de cette clause

dans les lois de l'île ? Avait-il fait du droit ? Possible...
Beaucoup d'avocat choisissaient de faire carrière dans le
domaine des affaires. Peut-être avait-il travaillé chez
Brannan ? Peut-être l'avait-on licencié ? Peut-être parce
qu'il n'admettait pas les méthodes de la « jeune génération Brannan »... Ne les avait-il pas stigmatisées devant
elle ? Par hasard, il avait eu vent des négociations
concernant la plage de Corail et, pour se venger, avait
pris la résolution de tout saboter.

Pour Nick — et pour personne d'autre —, Catherine
se prépara pour la fête avec le plus grand soin. Dans
l'une des boutiques indigènes, elle avait acheté pour
l'occasion une robe en satin chatoyant, dont la ceinture
en soie mauve mettait en valeur sa taille fine. Un à un,
elle ferma sagement les liens de l'encolure puis, mue par
une soudaine inspiration, elle les défit et agrandit son
décolleté de manière à révéler la naissance de ses seins.
Sans sourire, elle contempla son reflet dans la glace.

« J'ai l'air de partir en guerre ! » se dit-elle.

Cela la fit rire et, soudain de bonne humeur, elle fixa
un gardénia blanc derrière son oreille. Ainsi parée, elle
ressemblait à une gitane fière et sensuelle.

— Cathy, ma chérie, mais tu es ravissante ! On te
croquerait...

La voix de Nick domina le vacarme qui régnait au
Lord Nelson. Après avoir repoussé la petite rousse qui
s'accrochait à lui, il fit tournoyer Catherine dans ses bras
avant de l'embrasser.

— Bon anniversaire, Nick ! s'exclama-t-elle.

Malgré elle, elle ne put s'empêcher de jeter un coup
d'œil dans la salle bondée. Mais elle avait tort de s'inquiéter : Luke demeurait invisible, tout comme Mandy.

Nick l'entraîna sur la piste de danse aménagée dans le patio. Puis d'autres vinrent l'inviter. Chaque fois que la porte s'ouvrait, elle se raidissait en jetant des regards anxieux vers les nouveaux venus. Mais Luke et Mandy ne se montraient toujours pas et elle commença à se détendre. Ils n'allaient sûrement pas venir maintenant! Tous les autres invités étaient déjà arrivés... Ils avaient dû trouver mieux à faire. Quoi?

« Oh! Pense à autre chose! » se dit-elle avec colère. « Tu as de la chance qu'ils ne soient pas là! »

Elle avait eu la tentation de prétexter une migraine pour ne pas assister à cette soirée et les éviter. Elle avait bien fait de ne pas mentir! De plus en plus détendue, elle commença à vraiment s'amuser. Elle avait l'impression d'être revenue au bon vieux temps...

Après avoir dansé avec un garçon dont elle se souvenait vaguement, elle s'assit pour bavarder avec deux anciennes amies d'enfance.

— Bonsoir, Luke! Bonsoir, Mandy!

La voix de Nick parvint jusqu'à ses oreilles et, le cœur serré, elle se maudit d'avoir été si stupide. S'efforçant de prendre un air nonchalant, elle se tourna enfin vers la porte.

Mandy restait sur le seuil — elle tenait visiblement à ne pas manquer son entrée. Sa robe blanche semblait avoir été coupée dans un mouchoir. Et elle ne portait pas grand chose dessous... Quand son regard croisa celui de Catherine, il se chargea d'une hostilité à peine voilée, tandis qu'elle se lovait contre Luke. Ce dernier portait un jean bleu pâle très étroit et une chemise blanche. Avec un petit coup au cœur, Catherine constata que, les autres hommes semblaient se fondre dans la grisaille quand il était là.

Nick embrassa Mandy avant de donner un coup de poing amical à Luke.

— Je ne comptais plus sur vous. Je me disais que vous aviez d'autres occupations...

Luke se contenta de sourire. Catherine se détourna enfin, but une gorgée de punch et tenta de se mêler à la conversation animée. Mais elle était désormais incapable de se remettre au diapason... Son visage demeurait tendu. Elle s'était rarement sentie aussi vide, aussi désorientée. Elle réussit cependant à sourire, à écouter et même à parler lorsque cela s'avérait nécessaire. Elle faisait tourner son verre entre ses doigts, laissant les glaçons s'entrechoquer. Et à chaque instant, sous prétexte de boire une gorgée de plus, elle consultait subrepticement sa montre. De sa place, elle pouvait voir la piste de danse éclairée de lumières tamisées. Mandy avait l'air d'une vraie pieuvre quand elle se serrait contre Luke...

Elle croisa le regard de ce dernier et se détourna hâtivement. Juste à ce moment-là, Nick vint la prendre par la main et l'entraîna vers la piste. Un serveur cherchait à attirer discrètement l'attention du propriétaire du *Lord Nelson*. Nick embrassa Catherine sur le bout de l'oreille.

— Attends-moi, ma chérie! Je reviens tout de suite... Le temps de faire monter un peu plus à boire.

Il fendit la foule et disparut en direction de la cave, laissant Catherine seule. Et assez mal à l'aise... Elle jeta de nouveau un coup d'œil à sa montre. Près de minuit... La fête continuerait probablement jusqu'à l'aube. Elle aurait dû rester mais un étrange engourdissement la paralysait, corps et âme. Nick ne s'ennuierait pas longtemps d'elle... C'était le moment ou jamais de s'éclipser discrètement.

— Ah! Mon aimable propriétaire... Mais vous me devez une danse!

Luke s'inclinait devant elle avec ironie. Quand il voulut la prendre dans ses bras, elle recula. Sans douceur, il la saisit par le poignet.

— Lâchez-moi, vous me faites mal! murmura-t-elle, alors qu'il l'attirait contre lui. Mais allez-vous me lâcher? Je ne veux pas danser avec vous!

Elle leva la tête, s'obligeant à soutenir son regard.

— Moi, je veux danser avec vous, rétorqua-t-il.

Il la fixa sans sourire. Dans la semi-obscurité, elle vit ses yeux briller, presque démoniaques dans son visage allumé. « Trop de rhum! » songea-t-elle. Il avait dû commencer à boire bien avant d'arriver au *Lord Nelson* pour être dans cet état. Catherine était partagée entre le dégoût et la peur. Et s'il provoquait une scène devant tout le monde? Elle n'y survivrait pas... Aussi, quand il l'enlaça, elle n'osa plus protester.

— Voilà qui est mieux! commenta-t-il, moqueur.

Il la dépassait d'une bonne tête. Et les yeux de Catherine arrivaient juste au niveau du triangle bronzé découvert par sa chemise au col ouvert. Dans la foule, elle aperçut le visage hostile de Mandy.

— Votre amie préférerait que vous dansiez avec elle, remarqua-t-elle.

Il ne jeta même pas un coup d'œil en direction de Mandy. L'air renfrogné, cette dernière prit le chemin du bar.

Luke était un excellent danseur et, Catherine oublia rapidement sa raideur pour se plier au rythme d'une valse lente. Conscient de ce changement d'attitude, Luke resserra son étreinte. Elle sentit la chaleur de son corps musclé, tandis que son haleine faisait voleter une mèche sur son front. Toute sa volonté l'abandonnait... Elle se sentait bien. Si bien...

Soudain, elle souleva les paupières.

— Que disiez-vous?

Très bas, Luke chuchota dans son oreille:

— Je disais que je regrettais beaucoup de ne pas vous avoir vue cette semaine. C'est qu'il faut que je paie mon loyer...

Elle tenta de se dégager mais il la maintenait solidement par la taille.

— Vous n'allez pas recommencer! lança-t-elle rageusement.

— Comment cela? Qu'ai-je dit de mal? A mon avis, nous devrions reprendre les choses là où nous les avions laissées l'autre après-midi...

Catherine trébucha. Puis, insidieusement, essaya de lui échapper. Sans résultat... Elle était prisonnière.

— Je ne veux plus danser avec vous, fit-elle d'un ton froid, les lèvres pincées. Arrêtez, s'il vous plaît?

— Vous parlez sérieusement? Ce n'est pas possible...

Son ironie augmenta l'exaspération de la jeune fille et sa voix monta plus haut qu'elle ne l'aurait souhaité.

— Si, je le veux! s'écria-t-elle.

Ils dansaient de plus en plus lentement. Sans prêter attention aux autres couples qui les entouraient, elle se rejeta violemment en arrière.

— Je... je vous déteste! Laissez-moi partir! Je vous interdis de me toucher, même du bout du doigt!

Il eut un sourire plein de dérision.

— Permettez-moi d'en douter !

Ils ne faisaient même plus semblant de danser.

— Que... que voulez-vous dire ? balbutia-t-elle.

A peine avait-elle parlé qu'elle regrettait ses paroles.

— Ce que je veux dire ? Ma chère, souvenez-vous de ce fameux après-midi... Si Mandy n'était pas arrivée à mon secours, eh bien...

Catherine tressaillit. Au cours de chacune de leurs rencontres, cet homme s'amusait à la pousser à bout. Cependant elle avait jusqu'à présent réussi à se contenir.

— Alors, prétendre que même du bout du doigt...

Cette fois, elle explosa. Sans réfléchir, elle leva la main et le gifla de toutes ses forces. Elle l'avait atteint en plein visage et, surpris par la violence de ce choc inattendu, il tituba. La gifle avait claqué comme un coup de feu. Brusquement ramenée à la réalité, Catherine se vit le point de mire de toute la salle. Un cercle de curieux l'entourait. Le silence pesait. Même l'orchestre avait cessé de jouer.

Sa colère était tombée. Seuls subsistaient la honte et le désespoir. Résistant à l'envie de s'écrouler sur place, elle crispa ses mains l'une sur l'autre... Sans adresser un seul regard à Luke, elle se dirigea vers la porte. Parmi la foule des visages, elle n'en reconnaissait plus aucun...

Catherine ne dormait pas. Elle fixait tristement le plafond de sa chambre quand la sonnerie du téléphone résonna dans la vaste maison silencieuse. Elle sauta hors du lit et courut vers le couloir. Elle ne voulait pas réveiller Mattie... Puis elle se souvint que cette dernière était allée au mariage de sa nièce et serait absente tout le week-end.

— Cathy, ma chérie, mais que t'est-il arrivé? s'inquiéta Nick d'une voix légèrement pâteuse.

— Oh! Nick... Je suis désolée, j'aurais dû te dire au revoir. Mais... euh... je me suis sentie brusquement fatiguée. Tu sais, j'ai dû travailler dur pour ma tante cette semaine, prétendit-elle.

Elle espérait que Nick n'était pas au courant du petit drame. Hélas, ce n'était pas le cas!

— Que s'est-il passé exactement entre toi et Luke? S'il a...

— Oh! Tu sais comment ces histoires commencent! On s'énerve et puis on fait des bêtises...

— Mais je veux savoir, ma chérie! Tu étais mon invitée! Alors, que s'est-il passé? insista-t-il.

Il semblait prêt à la bagarre. Avec lassitude, Catherine appuya son front contre la boiserie.

— Il.. il m'a insultée, tout simplement.

Nick jura et elle s'empressa d'ajouter:

— Toi, tu n'as rien à voir dans tout cela! Je t'en prie, oublie ce ridicule incident. Le fond de l'histoire, c'est que Luke Devinish et moi ne nous entendons pas. Nous nous sommes déjà disputés plusieurs fois. Et ce soir...

— Vous vous êtes disputés? Mais pourquoi? s'étonna-t-il.

— Il y a de bonnes raisons...

Elle ne put résister à la tentation de se confier à son ami de toujours. Nick, elle en était sûre, lui témoignerait sympathie et compréhension.

— Tu sais que je possède un terrain devant la plage de Corail qui intéresse Brannan...

— Brannan?

Catherine eut un mouvement de surprise. Nick était forcément au courant...

— Brannan International, précisa-t-elle.

— Brannan International! répéta-t-il. Ils vont construire un hôtel ici? Cathy, mais c'est inespéré pour Saint-Hilaire!

— Ils nous ont fait une offre très intéressante. Hélas, impossible de vendre parce qu'un squatter s'est installé sur notre terrain! Et qu'il ne veut pas partir.

— Ah! Il ne veut pas?

— Non. Nous avons tout essayé! Mais, s'il te plaît, Nick...

Trop tard, le sens de la prudence lui revenait.

— Je t'ai parlé de ceci parce que...

— Il faut l'éjecter!

— Quoi?

— Il faut le mettre dehors. Laisse-moi m'occuper de cela!

Sa voix claquait, très sèche. Jamais Catherine ne l'avait entendu parler sur ce ton.

— Te... te laisser t'occuper de cela? balbutia-t-elle. Mais que veux-tu dire, Nick?

— Je vais persuader ton squatter de quitter les lieux. Carl va lui rendre une petite visite...

Ton squatter... Il... Catherine s'aperçut, avec un frisson glacé, que Nick n'appelait déjà plus Luke par son prénom.

— Carl? interrogea-t-elle.

— Tu l'as vu au *Lord Nelson!*

Oui, et elle ne s'en souvenait que trop bien! Carl, le « videur » de Nick, une masse terrifiante de muscles et de graisse.

Nick poursuivait à mi-voix, comme pour lui-même:

— Carl est l'homme qu'il nous faut! Il peut se montrer très persuasif quand il veut! Pas question qu'un squatter cabochard nous empêche de mettre la main sur ce joli paquet de dollars! Ecoute, je dois partir demain à la première heure pour Caracas. Les affaires... Mais avant mon départ, je mettrai Carl au courant. Le mieux, ce serait qu'il rende une petite visite à ton squatter avec quelques-uns de ses amis...

— Mais...

Fermement, il poursuivit :

— Une jolie fille ne doit pas se compliquer la vie avec des problèmes pareils. N'y pense plus! Laisse ce vieux Nick s'occuper de tout. Et je te promets que demain, à la même heure...

Catherine entendit une voix de femme et Nick éclata de rire.

— Il faut que je te laisse, Cathy, mon chou! Au revoir...

— Non, Nick! Non! S'il te plaît, ne...

Mais il avait déjà raccroché. Avec des mains tremblantes, elle reposa à son tour l'écouteur et alla se réfugier au salon. Sans même se donner la peine d'allumer, elle se blottit sur un canapé. Et, les yeux fixés sur la fenêtre obscure, elle mesura enfin les terribles conséquences de son acte.

Des éclairs zébraient le ciel, très loin, bien au-delà de la plage de Corail. La plage de Corail... Luke... Luke qui ne se doutait de rien! Catherine avala sa salive. Pourquoi s'inquiétait-elle? Il méritait bien ce qui allait lui arriver. Surtout après l'avoir traitée comme il l'avait fait! Elle n'avait qu'à se remettre au lit et s'endormir tranquillement. Quand elle s'éveillerait, le lendemain matin, tout serait fini. Elle n'avait qu'à laisser Carl se charger du vilain travail à sa place. Et pourquoi pas ? Qu'il achève d'un seul coup une besogne dont son oncle, trop timoré, n'avait même pas eu l'idée. En voyant Carl et ses acolytes, Luke s'enfuirait peut-être sans demander son reste. Lui ? Certainement pas... Il n'était pas homme à se rendre sans lutter. Elle imagina Luke, en face de quelques brutes du genre de Carl. Et elle frissonna. Non, ce n'était pas la solution ! Autant s'armer de patience. L'affaire passerait prochainement devant les tribunaux et l'expulsion du squatter serait prononcée... Certes, elle voulait le départ de Luke Devinish. Mais en toute légalité, pas de manière violente !

Sans réfléchir davantage, elle regagna sa chambre quatre à quatre et s'habilla. L'aube se levait à peine quand, au volant de sa voiture, elle quitta la route nationale pour emprunter le chemin de terre plein d'ornières qui menait à la plage de Corail.

— Vite ! Vite ! Je dois arriver la première...

Au pas de course, abandonnant sa voiture, elle se précipita entre les buissons. Au passage, les épines déchirèrent sa robe, lui égratignant les bras. Mais elle s'en moquait. Dans les premières lueurs du jour, elle aperçut la cabane de Luke. La porte était restée entrouverte et sur le seuil, elle hésita, soudain glacée. Et si Luke n'était pas seul ? Si Mandy l'avait accompagné ? Elle ferma les yeux un instant, luttant contre sa jalousie. Puis elle se durcit. Elle devait à tout prix avertir Luke... Même s'il lui fallait pour cela voir Mandy dans ses bras — une Mandy triomphante...

— Euh... bonjour. Il y a quelqu'un ?

Personne ne lui répondit. Alors elle se décida à ouvrir la porte en grand. S'il n'était pas là, il se trouvait probablement avec Mandy, mais *chez elle*. Au moins, il demeurait pour l'instant hors d'atteinte de Carl. Elle aurait dû être contente! Mais elle n'éprouvait aucun sentiment de soulagement. Seulement du désespoir... Elle s'apprêtait à tourner les talons quand il lui sembla entendre un gémissement.

Sans un instant d'hésitation, elle pénétra à l'intérieur. Dans la lumière grise du petit matin, Luke, torse nu mais toujours en jean, dormait sur un vieux matelas. Rassérénée, Catherine constata qu'il était seul...

— Bonjour! répéta-t-elle.

Il ne répondit pas. De nouveau, il gémit et se retourna. Son bras frôla la jambe de la jeune fille avant de retomber sur le sol.

Elle serra les dents. Il était ivre. Ivre-mort! Mais bien sûr... Déjà, hier soir, il n'était pas dans son état normal! Elle revit son visage trop coloré, ses yeux anormalement brillants... Il avait dû boire copieusement avant d'arriver. Avec colère, elle contempla la forme inerte qui gisait sur le matelas. Comme elle avait été sotte! Mais c'était bien fini... Elle allait l'abandonner à son destin, quel qu'il soit.

— Et bon débarras!

Déjà, elle était à la porte. Elle s'appuya au montant de bois et une écharde lui meurtrit le pouce.

— C'est un être humain, lui dit une petit voix intérieure. Tu serais capable de le laisser souffrir sans rien faire?

Elle revint s'agenouiller près de lui et s'étonna. Aucune odeur d'alcool... Bizarre! Il aurait dû sentir le rhum. Il geignit de nouveau et Catherine eut l'impression que tout tournait autour d'elle. Elle arrivait trop tard… Carl et ses amis étaient déjà passés ! Elle tendit la main et lui effleura le visage, cherchant les traces de coups. Elle sursauta en touchant son front. Il était brûlant… Elle s'aperçut alors qu'il était couvert de sueur. Tout son corps semblait en ébullition. Alors elle s'empara de son poignet et chercha son pouls. Il battait à tout rompre…

Catherine s'assit sur ses talons en se mordant la lèvre inférieure. Hier, elle l'avait cru ivre alors qu'il était seulement malade. La fièvre tropicale le terrassait — la fameuse dengue, ou encore la *briseuse d'os*, comme disaient les insulaires dans leur langage imagé. Que devait-elle faire ? Le laisser seul ? Elle n'osait pas… Car tôt ou tard, les sbires de Nick arriveraient. Par ailleurs, Luke avait besoin de soins. La dengue durait en général trente-six heures. Elle regarda autour d'elle et s'étonna que tout soit si propre, si bien rangé. Hélas, il manquait le confort le plus élémentaire. Pas d'eau courante, par exemple… Que faire ? Le conduire à l'hôpital ? On ne l'y admettrait pas pour un simple accès de fièvre ! Il ne restait qu'une solution : l'emmener au Moulin de l'Espoir. « Et les sentiments n'ont rien à voir ! » se dit-elle avec fermeté. « Je rends service à un être humain, tout simplement ! »

Tout d'abord, elle devait le couvrir, sinon il risquait d'attraper une pneumonie… Elle trouva un vieux pull — celui qu'il lui avait prêté une fois, mais elle s'efforça de ne pas évoquer ses souvenirs. Il protestait de manière incohérente, mais elle réussit cependant à lui faire enfiler le chandail. Epuisé, il appuya sa tête contre la poitrine de la jeune fille dont la gorge se noua douloureusement. Presque inconsciemment, elle lui caressa les cheveux. Puis elle le prit dans ses bras et le berça avec une infinie tendresse. Enfin, effrayée par sa propre audace, elle déposa un léger baiser sur le sommet de sa tête.

Ensuite, tout devint très difficile. Ce fut une lutte sans fin... Tout d'abord pour le faire mettre debout, puis pour le traîner jusqu'à la voiture qu'elle avait amenée le plus près possible. Il s'appuyait sur elle de tout son poids mais elle réussit enfin à le faire asseoir à l'arrière de la Mini.

Il faisait maintenant grand jour. Elle prit la direction du Moulin de l'Espoir à toute allure. On aurait cru que Carl était à ses trousses... Mais il était encore très tôt et la ville dormait toujours. Tout en conduisant, Catherine réfléchissait. Dans quelle chambre allait-elle le mettre? Les chambres d'amis n'étaient pas prêtes...

« Il faudra qu'il s'installe dans la mienne », conclut-elle. « C'est la seule avec une moustiquaire. Quelle chance que Mattie ne soit pas là! Elle fait toujours des histoires pour rien... Oh! Je suis parfaitement capable de m'occuper de lui toute seule! »

A l'arrivée, après une nouvelle lutte, Luke s'écroula enfin sur le lit de la jeune fille. Les yeux clos, visiblement épuisé, il demeurait sans bouger. Pour la première fois, Catherine réalisa la folie de son entreprise. Elle avait amené chez elle un homme malade, un homme qui avait besoin de soins... Et sa pudeur, dans tout cela? D'autant plus qu'elle était seule avec lui... L'appréhension la gagna. Et si elle essayait malgré tout de le faire admettre à l'hôpital?

Elle remplit une bassine d'eau et se mit en devoir de rafraîchir Luke à l'aide d'une éponge imbibée d'eau.

Elle était en train de lui essuyer les mains quand il souleva les paupières.

— Cattie?

Il voulut s'asseoir mais retomba sur l'oreiller.

— Je suis dans un état...

Sa voix retrouva un peu de sa dureté habituelle:

— Mais que se passe-t-il?

— N'essayez pas de parler... Vous avez un accès de dengue.

Il referma les yeux et sa tête roula sur le côté.

Elle s'agenouilla au chevet du lit et le contempla, en proie à un sentiment inexplicable. Cet homme — son ennemi — avait pris un malin plaisir à la faire souffrir, à l'insulter, à l'avilir, même... Maintenant il gisait, les yeux clos, le visage étrangement adouci. Du bout des doigts, elle suivit le dessin de ses lèvres. Puis, honteuse d'elle-même, elle se redressa vivement.

Elle passa la journée assise dans un coin de la chambre. Terrassé par la fièvre, Luke ne cessait de se tourner et de se retourner en gémissant. Catherine, qui avait été elle-même victime de la *briseuse d'os*, savait ce qu'il endurait! De temps en temps, elle l'épongeait et lui faisait boire quelques gorgées de jus de fruit. Il ne semblait pas la reconnaître...

En fin de soirée, elle eut l'impression que la fièvre tombait légèrement. Après avoir soigneusement drapé les plis de la moustiquaire autour du lit, elle descendit téléphoner à Carl, au *Lord Nelson*. D'un ton sans réplique, elle lui apprit que, après réflexion, Nick désirait annuler le projet d'expédition à la plage de Corail. Plus question d'aller rouer de coups Luke Devinish...

Elle remonta ensuite prendre une douche, se mit en

chemise de nuit et se prépara un lit de fortune sur les coussins d'une chaise longue. Luke dormait toujours dans un rayon de clair de lune. Plus paisiblement, semblait-il...

« Quelle journée ! » songea-t-elle avant de fermer les yeux. Ce fut ce moment-là que choisit une armée de moustiques pour attaquer en force. Maintenant qu'ils l'avaient trouvée, ils ne la laisseraient en paix qu'au petit matin !

Un moustique la piqua au front. Un autre bourdonnait près de son oreille... La nuit précédente, elle n'avait pas dormi une seconde ! Et elle avait passé la journée à soigner Luke. Elle avait absolument besoin de se reposer. Mais comment, avec tous ces moustiques ? Elle adressa un coup d'œil chargé de ressentiment à Luke qui dormait paisiblement sous la moustiquaire. Alors, sans réfléchir davantage, elle alla se glisser à l'extrême bout du lit. Son cœur battait à tout rompre et une certaine appréhension l'envahit, en même temps qu'un étrange sentiment de douceur. « Si j'étais la femme de Luke, je dormirais ainsi à ses côtés... » se dit-elle avant de sombrer dans le sommeil.

Elle s'éveilla en sursaut. Luke avait roulé contre elle. Un bras pesait sur ses épaules, une jambe sur ses genoux...

— Mon amour..., murmura-t-il d'une voix engourdie.

Elle résista à l'envie de sauter hors du lit. Doucement, elle essaya de se libérer. Mais il resserra son étreinte.

— Ne me quittez pas. Il *faut* que vous restiez !

Il y avait tant de désespoir dans sa voix qu'elle cessa de lutter. Se redressant légèrement, elle le contempla dans la pâle lumière du clair de lune. Son visage, d'ordinaire

tellement cynique, n'était plus qu'un masque douloureux...

Pour qui la prenait-il dans son délire?

— Chut, murmura-t-elle. Ne vous inquiétez pas. Je
ne vous quitterai pas.

Son cœur était lourd parce que Luke ne l'avait pas
reconnue. C'était à une autre qu'il s'adressait...

Au loin, les cloches carillonnaient. Le soleil illuminait
la pièce à flots. Catherine s'étira voluptueusement.
Quand la mémoire lui revint brusquement, elle se raidit.
Lentement, très lentement, elle tourna la tête et rencontra les yeux gris de Luke. Ils n'avaient plus cet éclat
fiévreux qu'ils avaient la veille.

— Ne partez pas..., fit-il d'une voix claire, mais encore faible.

— Il faut que je me lève! Si j'ai dormi ici, c'est
simplement à cause des moustiques...

Elle sauta hors du lit et courut dans la salle de bains.
Après avoir pris une douche, elle se fit un chignon et
enfila une sévère robe bleu marine. Pour compléter sa
tenue, elle noua autour de sa taille l'un des grands
tabliers blancs de Mattie.

Luke eut un sourire amusé en la voyant entrer dans sa
chambre ainsi vêtue. Elle voulut l'aider à se redresser sur
les oreillers mais il la repoussa.

— Laissez-moi tranquille, voyons! J'aimerais plutôt
que vous m'expliquiez ce que je fais ici!

Armée d'une éponge, elle lui passa le visage à l'eau.

— Vous avez eu la dengue. Je n'ai pas voulu vous
laisser seul dans votre cabane et je vous ai amené au
Moulin de l'Espoir.

— Ma cabane ? Que faisiez-vous dans ma cabane ?

En quelques mots, elle le mit au courant de sa conversation téléphonique avec Nick.

— Vous ne comprenez pas ? s'étonna-t-elle, voyant qu'il ne manifestait aucune réaction.

— Bien sûr que je comprends ! grommela-t-il.

Il voulut se redresser mais glissa sur les oreillers. Un gémissement lui vint aux lèvres.

— Ah ! Ce n'est pas la grande forme…, soupira-t-il.

— Reposez-vous. Je vais vous apporter votre petit déjeuner.

— Je n'en veux pas.

— Mais il faut que vous mangiez !

Elle alla préparer du café, un œuf à la coque et du pain grillé. Luke sommeillait à moitié quand elle posa le plateau sur ses genoux.

— Petit déjeuner servi !

Il attaqua son œuf à la coque sans se faire prier.

— Cela vous plaît, n'est-ce pas ? lança-t-il.

— Quoi donc ?

— De me faire marcher à la baguette.

— Voulez-vous du café noir ou du café au lait ? coupa-t-elle.

Il se rendormit aussitôt après avoir terminé son petit déjeuner et ne se réveilla pas avant midi. Cette fois, il semblait aller nettement mieux.

— Que diriez-vous d'un petit potage ? proposa Catherine. J'ai du bouillon de bœuf, du minestrone, de la crème de volaille…

— Je n'aime que le potage à la tomate.

Or il n'y en avait pas dans les réserves de Mattie…

— Du bouillon de bœuf, ce serait plus nourrissant…, commença-t-elle.

— Du potage à la tomate ou rien!

Catherine savait qu'elle en trouverait à la petite épicerie située en bas de la colline. Elle restait ouverte tard dans la nuit ainsi que le dimanche.

— Bon, capitula-t-elle. Je vais aller en acheter.

Elle remonta le drap et surprit le sourire de Luke. Un sourire presque gêné.

— Vous feriez une bonne infirmière, remarqua-t-il.

— Ma mère était infirmière.

— Vos parents vivent en Angleterre?

Elle prit le temps de lisser le drap avant de répondre:

— Non. Ils sont morts tous les deux dans un accident de voiture. J'étais alors en pension en Angleterre...

Evitant son regard, elle s'apprêta à quitter la chambre. Il la retint par le poignet.

— Oh! fit-il seulement.

Très bas, comme pour lui-même, il ajouta:

— J'ignorais ce drame, Catherine.

Il avait parlé avec une douceur inhabituelle. C'était la première fois, aussi, qu'il l'appelait par son véritable prénom. Troublée, elle retint sa respiration. Puis elle réussit à sourire, tout en se dégageant.

— Il y a beaucoup de choses que vous ignorez à mon sujet! lança-t-elle. Maintenant, je vais faire quelques courses... Je ne serai pas absente longtemps.

Elle acheta les trois boîtes de potage à la tomate que l'épicier avait en rayon et, une fois de retour, en mit une à chauffer. Elle s'était rarement sentie aussi légère, aussi heureuse. Son ressentiment et sa colère envers Luke avaient disparu. Elle ne rêvait plus que d'une chose: le soigner, s'occuper de lui.

Il faisait si beau en ce début d'après-midi... Cela lui

ferait du bien de s'installer sous la véranda pour déjeuner. Elle mit la table à l'ombre et monta.

— Luke, voulez-vous...

Les mots moururent sur ses lèvres. Luke avait disparu... Sur la chaise où elle avait posé son jean et son vieux pull, il avait laissé, soigneusement plié, le ridicule pantalon de plage, ainsi qu'un papier plié en quatre. Elle dut lire le bref message à plusieurs reprises avant que les mots parviennent jusqu'à son cerveau.

Merci beaucoup, Cattie. A bientôt !

Elle se laissa tomber au bord du lit, en proie à un sentiment de vide terrible. Ainsi, il était parti. Sans même l'attendre, sans un vrai merci — à part ces deux lignes. Oh ! Elle n'avait pas besoin de reconnaissance. Mais ce départ précipité lui prouvait qu'au fond, rien n'avait changé entre eux.

Une larme roula sur sa joue. Pourquoi l'aimait-elle autant ?

6.

Catherine coupa le moteur du canot pneumatique avant de le tirer sur la plage. L'île des Palétuviers n'avait pas changé... Elle la retrouvait exactement comme dans ses souvenirs, à l'époque où elle y venait avec ses parents. Un minuscule îlot verdoyant, cerclé d'une plage de sable blanc, situé seulement à trois kilomètres de Saint-Hilaire... Une île déserte et une plage pour elle toute seule ! Elle avait largement le temps de se baigner, de pique-niquer, de se laisser rôtir au soleil... Puis elle rentrerait se changer avant l'audience au tribunal.

L'audience... Elle voulait l'oublier momentanément. C'était d'ailleurs dans ce but qu'elle était venue à l'île des Palétuviers.

Elle jeta sa serviette sur le sable. La mer scintillait et à l'horizon se détachait la silhouette d'un bateau de pêche. Un éclair argenté se profila dans le ciel. L'avion de New York... A son bord devaient se trouver les représentants de Brannan. Prêts à signer le contrat si le jugement se révélait favorable. L'audience, de nouveau! Ah, non! Elle ne voulait plus y penser!

Après avoir ôté son short et son chemisier, elle s'apprêta à enfiler son bikini puis le laissa retomber sur sa serviette. A quoi bon? Personne ne venait jamais ici... Sans hésiter davantage, elle courut vers les premières vagues. Evoluer dans les vagues sans la moindre entrave, quelle liberté! Elle nagea longtemps avant de se laisser flotter à la surface de l'eau limpide. Puis, jugeant le moment de faire demi-tour, elle se dirigea vers la plage.

Soudain, elle se raidit. Elle n'était plus seule sur l'île des Palétuviers! Un homme se tenait au bord de l'eau... La colère l'envahit quand elle reconnut Luke Devinish.

Il agita la main.

— Bonjour, Cat!

— Que faites-vous ici? rétorqua-t-elle avec exaspération.

— Tsst, tsst! Vous n'êtes pas très aimable! A moins que l'île des Palétuviers ne vous appartienne aussi?

Elle pinça les lèvres, tandis que ses joues devenaient cramoisies. Il avait dû la suivre... Une nouvelle fois, il jouait les intrus! Elle s'éloigna rapidement à la nage en direction du large. Mais à sa grande horreur, il se débarrassa de son tee-shirt et se mit à l'eau à son tour. Alors elle accéléra encore son allure...

— Hé, Cat! Vous avez l'intention de nager jusqu'au Mexique?

Il était à seulement quelques mètres derrière elle. Elle fit demi-tour, se dirigeant vers la plage, cette fois. Il la rattrapa et se mit à nager à son allure, tout en lui jetant des coups d'œil moqueurs.

— Allez-vous en! haleta-t-elle.

— Vous ne savez donc dire que cela?

Une vague la souleva, la ballottant comme un bouchon.

— Ecoutez, je... je n'ai pas de... de...

— ... de maillot? Oh! C'est plus qu'évident! Mais entre amis, on ne fait pas d'histoires pour un bikini de rien du tout.

Elle le regarda d'un air furibond.

— Si vous étiez un... un gentleman, vous vous en iriez!

— Mais je ne suis pas un gentleman. Vous me l'avez souvent fait comprendre... Cependant, à titre tout à fait exceptionnel, je vais fermer les yeux et compter jusqu'à dix. Un...

Catherine fila vers la plage et, en hâte, se drapa dans sa serviette. Elle s'aperçut alors que son bikini avait disparu.

— Où est-il? demanda-t-elle à Luke qui la rejoignait. Qu'en avez-vous fait?

Il la toisa d'un air calculateur. Il semblait se demander jusqu'où il pouvait aller... Puis, d'un geste, il lui montra le bikini rose suspendu à la branche d'un arbre. Trop haut pour qu'elle puisse l'atteindre... Elle bondit, la main tendue, et ne réussit qu'à faire glisser sa serviette. Sa colère montait. Elle s'efforça cependant de la contenir. Luke ne serait que trop heureux de la voir sauter rageusement autour de l'arbre! Faisant mine de se désintéresser de son bikini, elle récupéra les vêtements avec lesquels elle était venue et alla se rhabiller derrière les buissons.

Luke jetait des petits cailloux dans l'écume des pre-

96

mières vagues quand elle revint sur la plage. Malgré elle, son regard revenait sans cesse vers lui. Son short trempé moulait sa silhouette et mille gouttelettes faisaient briller son torse couleur pain d'épice. Leurs yeux se rencontrèrent et elle rougit violemment.

— Vous avez l'air tout à fait remis, remarqua-t-elle avec froideur, tout en pliant sa serviette.

— J'ai eu une excellente infirmière!

— Oh! N'importe qui en aurait fait autant.

— Qui?

— Mandy, par exemple. Elle aurait été enchantée de rafraîchir votre front fiévreux et...

— Et de partager mon lit? suggéra-t-il en lui lançant un rapide coup d'œil de côté.

— Probablement! Si ce n'est pas déjà fait!

Elle se mordit les lèvres, regrettant de s'être engagée sur un tel terrain. Elle savait pourtant comment se terminaient les discussions avec Luke! Au moment où elle se baissait pour s'emparer de son sac, il la saisit par le poignet.

— Jalouse? De la délicieuse Mandy?

— Moi, jalouse?

Elle eut un rire méprisant.

— Pas plus de Mandy que de toutes les petites idiotes qui tombent comme des mouches à vos pieds, Casanova de pacotille! Pour être jalouse d'elles, il faudrait que j'éprouve quelque chose à votre égard... Or je ne ressens rien, absolument rien! Sinon une franche antipathie!

Elle chercha à se dégager mais il resserra son étreinte, lui encerclant le poignet avec des doigts d'acier.

— Où êtes-vous si pressée d'aller?

Furieuse, elle soutint son regard.

— Vous le savez parfaitement! L'audience... Ne me dites pas que vous l'avez oubliée!

Il ricana.

— Oh non! Et il n'est pas trop tard...

— Trop tard pour quoi?

— Pour vous empêcher de faire une grosse bêtise.

— Vous dites n'importe quoi! S'il vous plaît, voulez-vous me lâcher?

— Pas tout de suite. Laissez-moi d'abord vous dire que vous allez perdre ce procès. La loi est de mon côté! Alors, soyez raisonnable, renoncez...

— Au point où nous en sommes? Vous ne parlez pas sérieusement... D'autant plus que nous gagnerons! Oncle Bob dit que...

— Oncle Bob dit que..., la singea-t-il. A votre place, je ne me fierai pas trop à son jugement. D'autres peuvent déchiffrer des ouvrages de droit aussi bien que ce vieux...

— Je vous interdis de parler ainsi de mon oncle! coupa Catherine, pâle de rage.

— Bien, bien... Maintenant, imaginez que, à la suite d'une erreur judiciaire, vous gagniez ce procès. Vous empresserez-vous alors de signer avec Brannan?

Luke était-il au courant de la réunion prévue pour le lendemain? Cela semblait impossible, mais elle devait rester sur ses gardes.

— Nous signerons avec eux, certes. Au moment où cela nous conviendra...

— Le plus tôt possible, évidemment! Pas question de retarder l'instant de mettre la main sur ce joli paquet de dollars!

Il s'emportait. Catherine, d'un mot, aurait pu faire

taire ses sarcasmes: il aurait suffit de lui parler de ses projets concernant l'hôpital. Mais, par fierté, elle garda le silence. D'abord parce qu'elle se moquait de l'opinion qu'il avait d'elle, et ensuite parce qu'il ne l'aurait vraisemblablement pas crue. Il était persuadé qu'elle ne s'intéressait qu'à l'argent. A quoi bon tenter de le faire changer d'avis?

— Mais pourquoi Brannan? s'écria-t-il.

Elle crut voir passer dans ses yeux une lueur implorante.

— Si vous tenez absolument à vendre, pourquoi pas à d'autres?

— Parce qu'il n'y a personne d'autre, tout simplement! Si l'on nous avait fait une offre, nous l'aurions étudiée, bien entendu.

— Il n'y a personne d'autre! répéta-t-il avec stupeur. Ah! Cattie, vous êtes une superbe actrice! Quels grands yeux innocents... J'ai presque failli m'y laisser prendre. Evidemment qu'une autre offre a été faite! Cependant votre oncle, cette tête de mule, n'a rien voulu entendre! Il a dû quand même vous mettre au courant...

— Il ne m'a rien dit parce qu'il n'y avait rien à dire! Je ne crois pas un mot de ce que vous racontez! Par contre, je fais entièrement confiance à mon oncle. Mais qu'avez-vous donc contre nous? Depuis votre arrivée à Saint-Hilaire vous ne cherchez qu'à nous causer des ennuis! Cependant, jamais vous n'arriverez à vous mettre entre mon oncle et moi. Jamais!

Elle prit une profonde inspiration.

— Maintenant, voulez-vous me lâcher, s'il vous plaît?

A sa grande surprise, il obéit. Sans demander son reste, elle alla mettre son canot pneumatique à l'eau et,

de toutes ses forces, tira sur la corde du starter. Rien...
Elle recommença, sans obtenir davantage de résultat. Le
moteur refusait obstinément de démarrer. Et elle devait
à tout prix regagner Port Charlotte... Eh bien, Luke l'y
emmènerait. Il avait dû venir en bateau, lui aussi. Il
pouvait bien lui rendre un service.

Elle se tourna vers lui et ses yeux s'agrandirent,
incrédules. De loin, Luke lui montrait une bougie de
moteur. Elle sauta hors du canot et courut vers lui. Mais
d'un air déterminé, il mit la bougie dans la poche de son
short.

— Donnez-la moi! demanda-t-elle en tendant la
main.

Il secoua négativement la tête.

— J'avais espéré pouvoir vous faire entendre raison.
Hélas, vous êtes plus entêtée que jamais... Par
conséquent, j'ai dû prendre mes précautions.

Il lui adressa un sourire ironique avant de se détour-
ner. L'espace d'un instant, Catherine revit sa chevelure
sombre rouler sur sa poitrine. Cette pensée décupla sa
colère et elle se jeta sur lui. Tous deux roulèrent dans le
sable. Elle avait l'avantage de la surprise et, avec un cri
de triomphe, réussit à s'emparer de la bougie. Aussitôt,
elle prit son élan en direction du canot pneumatique.
Mais Luke lui fit un croche-pied et elle retomba. Cette
fois, c'était lui qui avait l'avantage... Elle luttait cependant de toutes ses forces. Il lui emprisonna la main.

— Ouvrez les doigts, sinon je vais vous faire mal!

Ecarlate, haletante, elle jura et il éclata de rire.

— Et moi qui vous prenais pour une jeune fille bien
élevée!

Après avoir récupéré la bougie, il la remit dans sa
poche.

— Maintenant, tâchez de vous tenir tranquille.

— Vous... vous m'avez fait mal.

— C'est faux, vous le savez parfaitement. C'est *vous* qui m'avez fait mal !

Du bout des doigts, il effleura sa mâchoire à l'endroit où elle lui avait asséné un coup de poing.

— Tigresse ! accusa-t-il. Et maintenant, je m'en vais. Je m'en voudrais de faire attendre le juge...

Il s'éloigna à grandes enjambées. Médusée, Catherine le suivit des yeux. Il n'allait tout de même pas l'abandonner ici... Ce n'était pas possible ! Elle le rattrapa non loin de l'endroit où il avait tiré son propre bateau hors de l'eau.

— Ecoutez, vous vous êtes bien amusé... Maintenant, rendez-moi ma bougie ! Ou bien ramenez-moi à Saint-Hilaire. Moi aussi, je dois aller au tribunal !

Il commença à traîner la coque de son bateau sur le sable.

— Désolé, Tigresse, jeta-t-il par-dessus son épaule. Mais vous allez rester ici... Et n'essayez pas de partir à la rame ! Car — au cas où vous ne vous en seriez pas aperçue —, vos avirons ont mystérieusement disparu...

S'imaginait-il vraiment qu'en l'empêchant d'assister à l'audience il influencerait la décision finale ?

— Vous croyez que le procès n'aura pas lieu si vous me kidnappez ? Vous croyez que vous n'aurez pas à répondre de ce délit ?

Elle s'efforçait de parler d'un ton menaçant mais il se contenta de ricaner.

— Kidnapper une tigresse ? Un délit ? Vous voulez rire !

— S'il vous plaît, emmenez-moi avec vous !

Il se contenta de secouer négativement la tête.

— Mais vous êtes fou! s'exclama-t-elle. Complètement fou!

Les coins de sa bouche s'abaissèrent, tandis qu'une larme glissait sur sa joue. Quelle serait la réaction de son oncle si elle ne se montrait pas?

— Tigresse, ne faites pas cette tête-là! Ne vous inquiétez pas, voyons! Je reviendrai...

— C'est justement ce qui m'inquiète!

Il tira sur la corde du starter. Son moteur démarra immédiatement et le bateau partit comme une flèche, laissant derrière lui un sillon d'écume. Catherine donna un coup de pied rageur dans le sable. Puis, haussant les épaules, elle partit à la recherche d'un bâton pour décrocher son bikini...

Luke revint en début de soirée. Catherine avait passé un après-midi plutôt déprimant à regarder Port Charlotte de loin. Elle hésita un instant en le voyant traîner son bateau à sec. Puis, ravalant son orgueil, elle le rejoignit. Il avait troqué son short contre un jean bleu pâle et une chemise en coton vert pâle.

— Je vois que vous vous êtes mis sur votre trente et un pour aller au tribunal, jeta-t-elle, sarcastique.

— Je me suis habillé pour la nuit. Il fait frais à trois heures du matin...

Elle le regarda sans comprendre. La lueur orangée du soleil couchant se reflétait sur leurs visages. Luke paraissait aussi détendu qu'elle semblait exaspérée.

— Mais vous... vous n'allez pas passer la nuit ici?

— Je ne veux pas vous laisser toute seule, vous risqueriez d'avoir peur...

— Rester? explosa-t-elle. Pas question! Je ne *peux* pas! Il faut que vous me rameniez.

Il lui lança une couverture et un sac de couchage.

— Attrapez!

— Ecoutez, si c'est une question d'argent..., commença-t-elle.

Il se mit à rire.

— Quand cesserez-vous de croire que pour m'acheter, il suffit de m'agiter quelques billets sous le nez?

Il ne semblait pas en colère. Au contraire, elle crut saisir une note de triomphe dans sa voix. Aurait-il gagné le procès contre toute probabilité? Dans ce cas, pourquoi prolongeait-il la plaisanterie? Il n'y avait aucune raison pour l'obliger à passer la nuit sur l'île des Palétuviers! A moins que... Son cœur manqua un battement mais elle se rassura aussitôt. Cet homme n'avait jamais fait mystère de ses sentiments! Il n'était nullement attiré par elle.

— Oh! A propos... Le juge a débouté les plaignants Latham et Hartley en faveur du squatter Devinish! Cela ne lui a pas plu du tout que votre oncle cherche à modifier les lois pour le compte d'intérêts particuliers. Et cela lui a encore moins plu de voir des gens comme vous faire des misères à un pauvre type sans défense...

Suffoquée, Catherine se laissa tomber sur le sable.

— Vous, un pauvre type sans défense!

Il vint s'asseoir à côté d'elle et la prit par les épaules. Elle le repoussa violemment.

— Ecoutez-moi bien! lui dit-il. Vous ne cherchez qu'à gagner de l'argent. Je le sais, ne me regardez pas ainsi! Mais je vous le promets, tout va s'arranger très vite. Faites-moi confiance!

Elle se leva.

— Vous faire confiance! s'exclama-t-elle avec amertume. Jamais!

Il haussa les épaules.

— Comme vous voudrez... Mais quoi qu'il en soit, vous passerez la nuit ici. Inutile de discuter.

Il décrocha la corde du starter et la mit dans sa poche.

— Pour le cas où il vous viendrait des idées... Maintenant, prenez les couvertures. Nous allons nous installer dans le refuge des pêcheurs.

Pour le connaître, il avait fallu qu'il vienne déjà ici! Cette séquestration était donc prévue?

Il prit deux cartons et une lampe à pétrole au fond du bateau et se dirigea vers la cabane où les pêcheurs s'abritaient en cas de tempête.

Il faisait très sombre dans cette petite hutte construite un peu en retrait de la plage, au milieu d'une luxuriante végétation. Luke approcha une allumette de la lampe à pétrole. Maintenant, on y voyait clair, mais l'abri paraissait plus sinistre que jamais...

Catherine se laissa tomber dans un coin et entoura ses genoux de ses bras. « Ce n'est pas possible », songea-t-elle. « Je rêve... Bientôt, je me réveillerai au Moulin de l'Espoir et Mattie, tout en ouvrant les volets, me demandera si je veux prendre mon petit déjeuner dehors... »

— Vous allez rester là toute la nuit? interrogea Luke.

Il ouvrit l'un des cartons.

— J'ai acheté ces petits pâtés en croûte au bar de la plage. Venez les manger tant qu'ils sont encore chauds...

Elle mourait d'envie de lui dire d'aller au diable. Mais les petits pâtés avaient l'air très appétissants et son pique-nique était loin...

— Je devrais être reconnaissante parce que vous ne me laissez pas mourir de faim, marmonna-t-elle en se servant.

Ainsi, il avait gagné... Tout était fini. Pas de vente, pas d'hôtel sur la plage de Corail, pas d'argent pour l'hôpital, pas d'argent pour son oncle...

— A quoi pensez-vous maintenant ? interrogea Luke. Elle ravala ses larmes.

— A... à mon oncle et à ma tante. Si je ne rentre pas, ils... ils...

— J'ai déposé au bureau de votre oncle une lettre dans laquelle vous expliquez que vous avez été obligée de vous absenter...

— Si vous croyez qu'ils seront dupes ! Ils connaissent trop bien mon écriture.

— Je suis un faussaire doué. Remarquez, vos gribouillis m'ont donné du mal !

Il lui jeta une boulette de papier qu'elle s'empressa de déplier. Elle reconnut immédiatement un fragment d'essai qu'elle avait utilisé pour marquer la page de son livre, l'autre après-midi, dans le jardin de sa tante...

Luke bâilla en s'étirant.

— Ah ! Quelle journée ! Je vais me coucher...

Il déplia le sac de couchage.

— C'est pour deux personnes. Nous serons très bien là-dedans... N'ayez crainte, je ne donne pas de coups de pieds en dormant.

Elle bondit, horrifiée.

— Mais je ne vais pas coucher avec vous !

Luke lui jeta un bref coup d'œil de côté et elle devint cramoisie.

— Vous savez très bien ce que je veux dire ! poursuivit-elle avec rage.

Ce n'était pas seulement contre lui qu'elle était en colère. Elle s'en voulait aussi pour s'être, pendant une fraction de seconde, imaginée dans ses bras...

— Pas question que nous partagions ce sac de couchage, déclara-t-elle. Par conséquent, il faudra que vous alliez dormir ailleurs.

— Désolé...

Ses yeux étincelaient dans la lumière jaunâtre de la lampe.

— A trente-six ans je suis beaucoup trop vieux pour risquer d'attraper des rhumatismes en passant la nuit sur le sol humide! Par ailleurs, auriez-vous oublié que je relève tout juste d'une sévère crise de dengue?

Il feignit un accès de toux. Catherine ne savait plus que dire. La porte était restée ouverte et on apercevait, à la lueur de la lampe à pétrole les buissons les plus proches ainsi que quelques troncs d'arbre. Après, tout était noir. Cependant la jeune fille préférait encore passer la nuit dehors plutôt que dans cette cabane... Elle ramassa la couverture.

— J'espère que vous n'allez pas m'empêcher de la prendre!

— Et où allez-vous? demanda-t-il avec une indulgence amusée.

— Je... je vais dormir dans mon canot pneumatique. Des objections?

— Faites attention aux crabes de terre. J'ai vu quelques trous sur la plage.

Des crabes de terre! Elle eut un frisson involontaire.

— Mais ne me dites pas que la tigresse Hartley a peur d'eux! ajouta-t-il.

Elle se contenta de lui adresser un regard glacial avant

de se diriger d'un bon pas vers son bateau. Elle réussit à se faire un lit relativement confortable à l'aide de la couverture et de sa serviette de plage et s'allongea sur le dos. Il y eut un bruissement dans les fourrés tout proches. « Une souris... ou bien un oiseau », se dit-elle.

Au-dessus de sa tête, dans l'immense coupole du ciel de velours bleu, la lune brillait doucement tandis que s'allumaient toutes les étoiles de la galaxie. Pour la première fois de la journée, elle commença à se détendre...

Elle dormait profondément quand un bruit l'éveilla en sursaut. Elle ouvrit les yeux et se demanda où elle se trouvait. Puis elle vit le ciel et la mémoire lui revint. Elle était prisonnière de l'île des Palétuviers, prisonnière de Luke Devinish...

Le bruit se fit de nouveau entendre. C'était une espèce de glissement furtif. Le cœur battant à tout rompre, elle demeura immobile, l'oreilles aux aguets. Cela recommença encore... Cette fois, elle se dressa comme un ressort. Et sur le sable clair, presque phosphorescent, elle les vit. Les crabes de terre... Il y en avait des douzaines, des centaines peut-être, ils se dirigeaient vers le bateau, leurs longues antennes blanches dressées en avant...

La peur l'envahit. Une peur panique, totalement irrationnelle. D'une main tremblante, elle essuya les gouttes de sueur qui perlaient à son front.

— Allons, un peu de courage! se dit-elle.

Un choc attira son attention. Elle se pencha et aperçut un énorme crabe. On aurait cru qu'il cherchait à escalader le bateau. « Il va grimper à bord! » songea-t-elle, épouvantée.

Elle ferma les yeux et se mit à hurler... Ses cris résonnaient sans fin dans la nuit. Luke accourut, la prit dans ses bras et l'emporta dans la cabane. Puis ses hurlements cessèrent et elle se mit à sangloter désespérément. Il la fit asseoir sur une caisse et la berça jusqu'à ce qu'elle se calme un peu.

— Allons, ça suffit maintenant! fit-il avec douceur, tout en la secouant gentiment.

Elle s'essuya les joues.

— Je suis navrée...

Dans l'obscurité, elle ne pouvait pas le voir. Elle sentait seulement ses bras autour de sa taille, son haleine tiède contre son visage.

— Ils étaient horribles! Oh! Comme j'ai eu peur!

— Ils ne sont pas très jolis, c'est vrai. On dirait qu'ils sortent d'un film d'horreur...

— Mais il y a autre chose...

Elle devait lui faire comprendre les raisons de sa réaction.

— Quand j'étais petite...

Un frisson la secoua.

— Je devais avoir six ans... Nous habitions à l'époque une maison en bois construite sur pilotis. Et... et des crabes de terre avaient élu domicile en dessous. Une nuit, je n'arrivais pas à dormir et je suis sortie. Alors j'ai vu notre petit domestique... Avec sa torche, il aveuglait les crabes, puis il les fendait en deux à coups de machette, et ils continuaient à agiter leurs antennes... Je me suis mise à hurler et mes parents sont arrivés.

De nouveau, elle frissonna.

— Cette nuit, tout cela m'est revenu et...

Brusquement, elle se mit debout et il l'imita.

— Vous feriez mieux de prendre le sac de couchage, maintenant, suggéra-t-il.

— Mais non...

Sa peur avait disparu comme par enchantement. Même les crabes de terre ne l'effrayaient plus...

Il la prit par le bras.

— Vous êtes gelée...

Elle devina qu'il ôtait sa chemise.

— Mettez cela.

Et comme elle hésitait, il insista:

— Faites comme je vous dis!

Elle obéit.

— La saison des pluies arrive, fit-elle d'une voix enrouée. C'est toujours ainsi. D'abord il fait très chaud, très humide. Puis le temps se rafraîchit et le vent se lève... Je crois que les pluies commenceront bientôt. Peut-être demain...

— Raison de plus pour que vous soyez à l'abri ici.

Il l'obligea à s'asseoir sur le sac de couchage.

— Pas de discussion! Rentrez là-dedans et dormez bien, Tigresse!

— Mais vous? Où allez-vous dormir?

— Dans le bateau, bien sûr.

— Non! Vous savez, c'est... c'est très inconfortable.

En réalité, elle ne voulait pas le voir partir. Elle tenait à ce qu'il reste près d'elle.

— Bien, je m'installerai ici! fit-il avec une certaine brusquerie. Je vais aller chercher la couverture.

Catherine se blottit dans le sac de couchage qui avait gardé un peu de la tiédeur de Luke. Ce dernier ne tarda pas à revenir. Il étendit la couverture à l'autre bout de la cabane.

— Bonne nuit! lança-t-il.

— Bonne nuit...

Elle ferma les yeux mais, trop consciente de la proximité de Luke, ne parvint pas à s'endormir. Une heure plus tard, elle l'entendit se retourner.

— Luke... vous dormez? murmura-t-elle.

— Pas moyen! C'est tellement dur par terre! Je crois que je vais aller m'asseoir dehors...

« Bien fait pour vous! » songea-t-elle. « Vous méritez de passer une nuit blanche! »

— Mais non! s'entendit-elle dire tout haut. Vous ne pourrez pas vous reposer... Ecoutez, il y a assez de place pour deux dans ce sac de couchage!

— Sûr?

— C'est à dire que..., commença-t-elle quand il se glissa à ses côtés.

Elle se réfugia le plus loin possible de lui.

— Il ne faut pas avoir peur de moi, Tigresse... Après tout, il nous est déjà arrivé de partager un lit! Je n'ai pas profité de la situation la première fois! Pourquoi voulez-vous que j'en profite maintenant? D'autant plus que je ne songe qu'à dormir!

Il se tourna sur le côté et presque immédiatement, sa respiration s'éleva, régulière.

« J'avais bien tort de m'inquiéter! » songea Catherine.

Et elle s'endormit à son tour, un sourire aux lèvres.

7.

Catherine s'éveilla de bonne heure. Dans la lueur incertaine du petit matin, Luke la regardait et ses prunelles semblaient refléter la lumière grise de l'aube. Mal à l'aise, elle se détourna.

« J'ai été folle », songea-t-elle.

Pourquoi avait-elle agi ainsi ? Cela aurait fait tant de bien à Luke de passer la nuit à bord du bateau ! Et le lendemain, peut-être aurait-elle eu la chance de découvrir ses os soigneusement nettoyés par une horde de crabes voraces ! Au lieu de cela, elle l'avait invité à partager ce sac de couchage.

Elle s'apprêta à en sortir mais il l'arrêta.

— Ne vous levez pas tout de suite, Catherine. J'ai quelque chose à vous dire.

Catherine ? Pourquoi pas Cat ? Ou Tigresse ?

— Je vais m'en aller, déclara-t-il. Aujourd'hui.

— Vous allez encore me laisser toute seule ici ? s'écria-t-elle.

— Je vais quitter la plage de Corail, précisa-t-il d'un ton brusque. Et Port Charlotte, et Saint-Hilaire.

— Ce n'est pas vrai ! Je ne vous crois pas.

— Si vous voulez, je vous montrerai mon billet d'avion. Un aller simple Saint-Hilaire/Londres, avec escale à New York.

— Vous avez pu *acheter* un billet d'avion ? s'écria-t-elle, incrédule. Vous ?

— Oui, moi.

Elle fixa le toit de la hutte. Elle avait peine à en croire ses oreilles. Ainsi, Luke partait ? Aujourd'hui ?

— Eh bien ! Allez-y ! fit-il d'une voix sèche. Faites des pirouettes tout autour de la cabane ! Depuis le temps que vous cherchez à me mettre dehors...

— Je vous ne crois pas, répéta-t-elle. Vous me racontez encore des histoires... Oh, vous êtes fort pour cela !

— Je m'en vais. Promis, juré.

— Mais... pourquoi ?

— Votre oncle et vous avez essayé de me soudoyer. Il y a eu des flatteries, des menaces et des insultes. J'ai cependant gagné sur le principe et maintenant, je peux partir.

— Mais partez donc ! lança-t-elle avec amertume. Oui, partez, maintenant que vous avez tout gâché. Vous n'êtes qu'un... un sadique !

Elle se leva, quitta la cabane et alla s'asseoir dans son bateau. Les empreintes de Luke marquaient encore profondément le sable. Il s'était précipité à son secours au pas de course... Soudain, les larmes l'aveuglèrent.

Elle regarda le soleil se lever et la mer devint opalescente. Là-bas, les premiers rayons illuminaient les collines de Port Charlotte.

Quand elle annoncerait le départ de leur squatter à son oncle, il serait fou de joie... Le dernier obstacle s'opposant à la vente de la plage de Corail venait de disparaître comme par enchantement. Plus rien ni personne ne les empêchait de traiter avec Brannan.

Mais Luke allait quitter Saint-Hilaire. Jamais elle ne le reverrait... Elle ferma les yeux, en proie à un sentiment de vide intense.

— Idiote! fit-elle à voix haute. Tu devrais être contente qu'il s'en aille!

Là-dessus, elle reprit le chemin de la cabane. Luke l'attendait sur le seuil.

— Je vais préparer le petit déjeuner.

— Je n'ai pas faim.

— Il faut que vous mangiez quelque chose. Je ne veux pas que vous ayez le mal de mer en rentrant.

— Cela ne risque pas! Saint-Hilaire n'est qu'à trois kilomètres, vous savez!

Sa voix se cassa.

— Je... je vais prendre mon sac.

Elle rentra dans la hutte. Son pied se prit dans le coin du sac de couchage et elle serait tombée si Luke, plus prompt que l'éclair, n'avait bondi pour la soutenir. Au même instant, un rayon de soleil pénétra dans la cabane. Ils se regardèrent comme s'ils se voyaient pour la première fois. Le soleil dorait leurs visages et entourait leurs cheveux d'un halo lumineux. Ils continuaient à se dévorer des yeux... Luke ne l'avait pas lâchée et Catherine eut soudain l'impression d'être traversée par un courant électrique.

Ils ne bougeaient toujours pas. C'était à peine s'ils respiraient. Enfin, lentement, très lentement, Luke l'attira contre lui. Encore plus lentement, ses lèvres se rapprochèrent jusqu'à effleurer les siennes dans le plus léger des baisers. Il releva la tête un instant avant de l'embrasser encore. Cette fois, ses lèvres se firent plus pressantes et elle répondit à son baiser avec la même ardeur, tandis qu'elle glissait les doigts dans cette épaisse chevelure sombre. Pour amener Luke plus près d'elle. Encore plus près...

— Oh! Catherine... Je vous veux! fit-il d'une voix étouffée et en même temps dure, presque irritée.

Quand il glissa les mains sous le sweat-shirt de Catherine, elle frissonna de plaisir, sourde à la petite voix intérieure qui ne cessait de lui répéter qu'elle avait tort, qu'elle était folle... En cet instant, elle ne désirait qu'une chose ; que Luke la tienne dans ses bras. Qu'il l'aime. Oui, qu'il *l'aime*.

Toujours enlacés, ils tombèrent ensemble sur le sac de couchage. Luke releva très haut le sweat-shirt et la pressa contre son torse nu. Peau tiède contre peau tiède...

— Oh! Luke..., soupira-t-elle.

Soudain, il releva la tête et la toisa. Son expression avait brusquement changé.

— Couvrez-vous! ordonna-t-il du ton rogue qui lui était habituel.

En ravalant ses larmes, elle se mordit la lèvre inférieure, tandis qu'avec des mains qui tremblaient un peu, elle rajustait le haut de son bikini. Puis, incapable de porter plus longtemps un vêtement appartenant à Luke, elle ôta le sweat-shirt et le jeta par terre.

Partagée entre le chagrin, la colère et la honte, elle lui jeta un coup d'œil furtif.

114

— Je suis désolé, fit-il avec effort.

Il lui prit la main. A ce léger contact, le désir la submergea de nouveau. Puis la raison lui revint et elle le repoussa violemment.

— Pourquoi? interrogea-t-elle d'une voix mal assurée. Vous avez obtenu la réaction que vous souhaitiez, non?

— Oh! Arrêtez, Catherine! s'exclama-t-il avec colère.

Elle crispa les poings avec une telle violence que ses ongles pénétrèrent dans sa peau. Il la prenait pour une fille facile, elle ne le savait que trop... Mais à quoi bon protester?

— Maintenant, jeta-t-elle avec mépris, vous allez pouvoir vous vanter auprès de vos amis...

— Arrêtez, Catherine! répéta-t-il.

Il paraissait vraiment fâché. Lui reprenant la main, il la secoua tout en martelant:

— Cette fois, ce n'était pas la même chose, je le jure.

— Vous? Jurer?

Elle avait envie de lui faire mal. Tout comme il lui avait fait mal.

— Oui, je le jure. Sur mon honneur...

Leurs yeux se rencontrèrent. Un silence pesa, presque palpable. Puis il desserra son étreinte et lui caressa doucement la paume.

— Vous êtes si belle, Catherine... Vous me faites penser à une pêche bien mûre, chauffée par le soleil...

Il lui sourit et son cœur manqua un battement.

— Vous avez une telle vitalité, aussi..., poursuivit-il.

Il la reprit dans ses bras. Déjà, elle avait oublié sa colère. C'était tellement bon de le sentir si proche! Sa barbe naissante était râpeuse contre son front et elle lui caressa la joue.

— Vous avez besoin de vous raser, murmura-t-elle.

Elle retint sa respiration, redoutant que ces instants si précieux, si fragiles ne disparaissent aussi vite qu'une bulle de savon irisée.

— Les vagabonds ne se rasent jamais, vous ne savez pas cela ?

Il huma ses cheveux.

— Comme vous sentez bon... Cela me fait penser aux primevères que l'on trouve dans les prés autour de Curlieus.

— Curlieus ?

— Ma maison, en Angleterre.

Sa voix avait changé, presque imperceptiblement. Cependant, poussée par le désir d'en savoir plus sur cet homme, Catherine insista.

— Curlieus... Quel drôle de nom pour une maison.

— C'est vrai. On l'a appelée ainsi lorsqu'on l'a construite, voici maintenant deux siècles.

— Où se trouve-t-elle ?

— Dans le Norfolk. Près de la mer...

— Vous y vivez seul ?

Il se raidit.

— Vous posez trop de questions, déclara-t-il après une pause. La curiosité est un vilain défaut...

Il parlait sur un ton badin mais déjà, elle avait compris qu'il était inutile de chercher à en savoir plus. Cette conversation avait réussi à rompre l'enchantement. « Tant mieux ! » songea-t-elle. « Maintenant, je vais pouvoir rentrer à temps pour apprendre aux représentants de Brannan le départ du squatter ! »

— Je vais préparer le petit déjeuner, déclara-t-elle.
Après cela, je partirai.

— Désolé, mais il n'est pas question de départ. Tout
au moins ce matin.

— Il faut absolument que je retourne à Port Charlotte! Mon oncle et ma tante doivent être tellement
inquiets...

— Laissez-les s'inquiéter quelques heures de plus,
fit-il d'un ton sec.

Elle bondit sur ses pieds et lui fit face, les mains sur les
hanches. Ainsi, une fois de plus, il s'était joué d'elle...

— Je *veux* partir!

— Quand je le voudrai bien. Ecoutez, Catherine, je
vous ai donné votre chance hier et vous l'avez refusée.
Tant pis pour vous! Aujourd'hui, vous n'irez pas raconter à votre oncle que j'ai mon billet pour Londres...
Et vous ne signerez pas avec Ritter!

— Ritter?

— Le fondé de pouvoirs de Brannan, évidemment.

Son cœur s'alourdit. Ainsi, il n'y avait aucun espoir?
Car Luke était au courant de tout... Il semblait même en
savoir plus qu'elle!

— Quand vous serez disposé à me rendre ma liberté,
vous me le direz, déclara-t-elle d'une voix glaciale. En
attendant, je préfère éviter votre compagnie.

Elle alla s'asseoir sur la plage à l'autre bout de l'île.
Elle n'avait même pas envie de se baigner. Elle passa la
matinée à regarder Saint-Hilaire, si proche et en même
temps si loin...

— Catherine! appela Luke.

Elle se décida à prendre le chemin du retour et elle
arriva en vue de son canot pneumatique juste au mo-

ment où Luke remettait la bougie en place. Il jeta les avirons au fond de la légère embarcation et la traîna jusqu'à l'eau. Sans même lui adresser un regard, Catherine sauta à bord. Lui tournant le dos, elle tira sur la corde du starter. Le moteur toussota avant de démarrer.

— Au revoir, Cat !

Elle ne se retourna même pas. Elle attendit d'être à une cinquantaine de mètres du rivage pour lui adresser un rapide coup d'œil par-dessus son épaule. Alors il agita la main dans un geste qui, même à cette distance, paraissait ironique... Puis il tourna les talons, remonta la plage et disparut parmi les buissons.

— Adieu, Luke Devinish ! murmura-t-elle.

Elle ne le reverrait jamais. Et elle en était heureuse...

Pendant la traversée, Catherine avait vu de gros nuages noirs s'amasser au-dessus des collines de Saint-Hilaire. Lorsqu'elle arriva au bureau de son oncle, au volant de sa voiture, les premières gouttes de pluie s'écrasèrent sur son pare-brise tandis qu'un coup de tonnerre résonnait au loin.

Comment allait-il la recevoir ? Elle prit une profonde inspiration, s'apprêtant à subir un flot de reproches. Puis faisant appel à tout son courage, elle se décida enfin à ouvrir la porte... Stupéfaite, elle trouva Bob Latham en train de sabler le champagne en compagnie de deux hommes vêtus de costumes bien coupés.

— Mais où étais-tu passée, Catherine ? s'écria-t-il. Il faut que tu fasses la connaissance de Steve Bennet et d'Errol King ! Ils viennent de me faire une offre pour la plage de Corail.

Il remplit une coupe et la tendit à sa nièce. Un sourire vint aux lèvres de la jeune fille.

118

— Ainsi, Brannan s'est décidé à acheter, malgré tout...

— Brannan ? Mais qui te parle de Brannan ? Brannan a disparu de la scène... et bon voyage ! Ritter m'a justement téléphoné ce matin pour m'apprendre qu'ils venaient d'acheter un terrain à Saint-Jago. Ils devaient avoir cela en réserve, pour le cas où le jugement tournerait à notre désavantage...

Avec un grand sourire, il se tourna vers ses visiteurs.

— Au fond, tout s'arrange pour le mieux ! Je n'aime guère ces multinationales... Rien ne vaut les petites entreprises à l'échelle humaine de nos Caraïbes !

— Hum ! fit Errol King avec une certaine ironie. Lors de notre dernière entrevue, j'ai eu pourtant l'impression que vous préfériez traiter avec d'importantes sociétés comme Brannan...

Catherine eut l'impression de recevoir un coup dans l'estomac. En un éclair, elle comprit tout... Oui, un autre groupe s'intéressait à la plage de Corail. Luke n'avait pas menti. C'était son oncle qui l'avait trompée ! La colère la submergea et elle le fixa d'un air accusateur. Il eut la bonne grâce, l'espace d'un instant, de paraître gêné... Puis il ouvrit les mains dans un geste d'excuse.

— Je sais, j'aurais dû t'en parler, mon chou... Mais vois-tu, j'estimais que Brannan avait beaucoup plus de répondant qu'une petite compagnie locale en proie à de grosses difficultés de trésorerie...

— C'est exact, admit Bennet. Nous avons eu du mal à réunir les fonds en temps voulu.

Il adressa à la jeune fille un coup d'œil amusé.

— C'est pourquoi nous avons fait appel aux services d'un squatter !

Elle écarquilla les yeux.

— Vous voulez dire que... qu'il s'agissait d'un coup monté ?

Steve Bennet éclata de rire.

— J'espère que vous ne nous en voulez pas trop, mais c'était la seule manière de se débarrasser de Brannan ! Voyez-vous, mademoiselle Hartley, Luke et moi sommes de vieux amis. Cela date d'Oxford ! Nous avons fait notre droit ensemble...

Luke avait été à Oxford ! Il avait fait son droit !

— Mais comment avez-vous réussi à le convaincre de se transformer en hippie ? interrogea-t-elle.

— Il avait... euh, des difficultés d'ordre familial. Ses affaires l'avaient amené à Miami et il en a profité pour me rendre visite aux Barbades. J'étais justement en train de réunir le capital nécessaire afin de surenchérir sur l'offre de Brannan. J'espérais qu'il accepterait de nous soutenir financièrement mais il a refusé...

Catherine haussa les sourcils.

— Luke a de l'argent, jugea-t-il bon de préciser brièvement en voyant sa surprise. Oui, c'est un homme riche ! Si cela ne l'intéressait pas de placer des fonds dans ce projet, il était par contre prêt à nous aider en jouant le rôle du hippie... Quand nous faisions du théâtre à Oxford, il était excellent ! Je crois que c'est toujours un bon acteur. N'est-ce pas votre avis, mademoiselle Hartley ?

Elle se contenta de sourire poliment. Mais intérieurement, elle bouillait...

— Après le jugement rendu en notre faveur, nous avions besoin de vingt-quatre heures de plus... Voilà pourquoi Luke a été obligé de prendre... euh, des mesures draconiennes. Quand il vous a vue partir pour l'île des Palétuviers, il vous a suivie pour... euh, vous persuader d'y rester.

— Seigneur! s'exclama Bob Latham avec un gros rire. Il l'a donc kidnappée?

Catherine adressa à son oncle un coup d'œil dépourvu d'aménité.

— Mademoiselle Hartley, reprit Bennet. J'espère qu'avec le temps vous nous pardonnerez cette petite mise en scène...

Pardonner? Alors qu'on s'était moqué d'elle, qu'on l'avait kidnappée, manipulée...

Conscient de la tension qui régnait soudain dans la pièce, Bob Latham s'empara de la bouteille.

— Un peu plus de champagne? proposa-t-il.

— Non, merci, répondit Bennet. L'avion de Luke part à six heures et nous aimerions le voir avant son départ.

8.

Une limousine conduite par un chauffeur attendait les
deux hommes. Bob Latham agita la main et Catherine
en profita pour s'éclipser.

— Au revoir, mon oncle! lança-t-elle. A bientôt!

Un éclair les aveugla et une véritable trombe d'eau
s'abattit sur eux. Sans laisser à son oncle le temps de
répondre, Catherine courut jusqu'à sa voiture. Le temps
d'y arriver, elle était trempée jusqu'aux os...

Elle arriva au Moulin de l'Espoir sous une pluie
battante. Pas trace de Mattie... Mais la pauvre avait
tellement peur de l'orage qu'elle avait dû aller se terrer
dans sa chambre et se cacher la tête sous les oreillers.

Après avoir pris une douche, Catherine revêtit une
robe d'intérieur. Le tonnerre continuait à gronder, les
éclairs déchiraient le ciel et pour tout arranger, il y avait
une panne de courant... Elle se blottit au bout de son lit
et fixa sans vraiment le voir l'un des motifs du couvre-
pieds.

Oh ! Pourquoi Luke ne lui avait-il rien dit ? Mais si, il avait essayé... Elle crut entendre sa voix :

— Evidemment qu'une autre offre a été faite. Votre oncle a dû vous mettre au courant...

Mais elle avait refusé de l'écouter. Elle avait refusé de le croire...

En ce moment, Luke se trouvait encore à Saint-Hilaire... Elle ferma les yeux et le revit endormi ici, dans *cette* chambre. Puis elle le revit encore, à l'île des Palétuviers, cette fois. Il souriait dans le soleil et la passion faisait briller ses prunelles grises...

Un éclair terrifiant zigzagua dans la pièce obscure. Un sanglot la secoua et elle se mordit la lèvre inférieure au sang. Elle ne devait pas pleurer ! Parce que si elle commençait, elle n'arrêterait pas...

Catherine s'approcha de la fenêtre. Ce dernier éclair signifiait la fin de l'orage. Déjà, les coups de tonnerre s'éloignaient, tandis que la pluie diminuait. Tous les parfums du jardin s'exacerbaient. Le mauvais temps avait cessé aussi vite qu'il était venu et la soirée serait belle...

Deux grosses larmes perlaient aux cils de la jeune fille. Mais elle tenta de retrouver son calme. Elle descendit à la cuisine, où le moteur du réfrigérateur bourdonnait dans la pièce silencieuse. Par conséquent, l'électricité était revenue. Tout allait bien !

Ouvrant un placard, elle s'empara d'une boîte de potage. Du potage à la tomate... La boîte lui échappa des mains, tandis que le désespoir la submergeait. Elle se souvenait si bien du matin où elle était allée acheter ces conserves pour Luke ! Et quand elle était rentrée, il n'était plus là...

A l'époque, elle pouvait encore se dire qu'elle le reverrait le lendemain ou le surlendemain. Mais maintenant, il était parti pour de bon, pour toujours.

Ce n'était pas possible! Elle ne pouvait pas le laisser quitter l'île sans un mot, sans un sourire... Pourquoi n'irait-elle pas à l'aéroport? Juste pour lui dire ceci: « Sans rancune, Luke! Vous avez gagné et au fond, j'en suis contente! » Puis elle lui serrerait la main en lui souhaitant bon voyage.

Il n'était que cinq heures. Elle avait largement le temps! Elle remonta dans sa chambre et ouvrit son placard. « Que vais-je mettre? » s'interrogea-t-elle. Curieusement, cela lui semblait important... Elle choisit enfin une robe couleur aigue-marine très courte. Puis après s'être brossé les cheveux, elle courut jusqu'à sa voiture.

La pluie avait cessé et tout le monde semblait être sorti dans les rues de Port Charlotte. Voitures, carrioles à âne, piétons, chèvres... Catherine fulminait d'impatience. Elle prit un tournant et se trouva bloquée derrière une file interminable de voitures et d'autocars. Un policier s'approcha d'elle.

— Désolé, mademoiselle, mais vous ne pouvez pas passer. Il y a eu un affaissement de terrain et la route est coupée.

— Mais il faut absolument que j'aille à l'aéroport!

— Impossible, mademoiselle!

Elle réfléchit rapidement. En contournant les collines, elle pouvait arriver à l'aéroport. Sans hésiter davantage, elle fit demi-tour. La route ne tarda pas à se transformer en chemin de terre boueux. Elle traversa un village à moitié abandonné. Les poules s'enfuyaient en caquetant à l'approche du véhicule, tandis que les cochons lui laissaient le passage comme à regret.

Enfin, le chemin redescendit vers la côte et quand elle aperçut la mer, son cœur bondit de joie. Bientôt, elle arriva en vue de la piste. L'avion de Londres était déjà arrivé mais les techniciens s'affairaient autour. Les passagers n'avaient pas encore embarqué...

Après avoir mis sa voiture au parking, elle se précipita vers le petit aéroport. Où était Luke? Ses yeux firent le tour de la salle. Les passagers du vol de six heures s'étaient groupés près de la porte d'embarquement. Non loin d'eux se tenait un homme vêtu d'un costume sombre. Mais Luke n'était nulle part en vue... Peut-être avait-il été bloqué sur la route? Dans ce cas...

— Cathy, ma chérie!

Nick, une valise à la main, se planta devant elle.

— Tu es venu me dire au revoir? Comme c'est gentil...

Un grand sourire illumina son visage et il la prit dans ses bras.

— Tu peux me féliciter! Je viens de conclure l'affaire du siècle!

Il l'embrassa en plein sur les lèvres. Elle s'empressa de se dégager.

— Bravo, Nick! Bravo! Excuse-moi, mais je dois...

Un autre baiser la réduisit au silence. Elle rejeta la tête en arrière, cherchant sa respiration. Et à ce moment-là, elle aperçut Luke... Il la regardait. C'était lui l'élégant passager au costume anthracite! Cependant elle était tellement énervée qu'elle ne l'avait pas reconnu. Pourtant, elle aurait dû se douter qu'il n'allait pas voyager en short et en tee-shirt!

Pétrifiée, elle demeurait immobile dans les bras de Nick. Luke, délibérément, lui tourna le dos, prit son attaché-case et se dirigea vers un comptoir. Il tendit son billet à l'hôtesse. Catherine retrouva enfin l'usage de ses jambes et courut vers lui. Une barrière l'arrêta. Alors elle voulut l'appeler mais elle resta muette, paralysée par l'émotion... Sans lui adresser un seul regard, Luke emprunta un couloir, poussa une porte battante et disparut...

Catherine résista à l'envie de s'effondrer. Rassemblant toutes ses forces, elle fit quelques pas en trébuchant. Soudain, elle avait l'impression d'être devenue une très vieille femme. Nick l'avait rejointe et lui parlait mais elle était incapable de saisir une seule de ses paroles.

En proie à un morne désespoir, elle réussit à regagner sa voiture et à quitter l'aéroport. Pour aller où ? Brusquement, elle le sut : à la plage de Corail... Sans réfléchir davantage, elle suivit le chemin qu'elle avait emprunté le premier jour de son retour à Saint-Hilaire.

Rien dans la cabane n'évoquait le séjour de Luke. Tout était parfaitement rangé. Jusqu'au matelas qu'il avait même songé à rouler... Jamais Catherine n'avait vu un endroit aussi impersonnel.

A demi caché sous une caisse, elle aperçut un livre. C'était un petit volume des poèmes de John Donne, relié en cuir. Elle l'ouvrit à la première page. L'adresse de Luke y figurait, imprimée sur une petite étiquette dorée. Mais Catherine ne pouvait arracher ses yeux de cette dédicace tracée d'une plume fleurie : *Pour Luke, avec tout mon amour. S.*

Elle entendit le vacarme des réacteurs et, le livre à la main, sortit pour voir l'avion déjà haut dans le ciel.

126

Alors elle comprit qu'elle aimait Luke Devinish. Peut-être depuis le premier jour, quand elle l'avait vu ici, sur la plage de Corail... Oui, elle l'aimait, et il était parti... Elle se laissa tomber sur le sable et se recroquevilla sur elle-même comme un animal blessé, tandis que des larmes amères sillonnaient ses joues.

9.

Les ouvriers commençaient déjà à démonter le stand consacré aux Caraïbes. Catherine les regardait faire. Voilà, c'était fini! Mais sa tante avait eu raison de l'envoyer à Londres — en dépit de ses protestations! —, pour s'occuper, dans le cadre de ce salon consacré au tourisme, de la promotion de Saint-Hilaire.

Au cours des cinq derniers mois, la jeune fille avait travaillé comme une folle à la villa Cannelle. Ces quelques jours de changement lui avaient fait du bien. Elle en avait besoin! Enfin, elle commençait à se sentir un peu mieux!

Et n'était-elle pas devenue une vendeuse accomplie? Elle avait réussi à convaincre plusieurs personnes que Saint-Hilaire était l'endroit rêvé pour prendre des vacances d'hiver. Et que nulle part au monde, des touristes avides de sable chaud, d'eau transparente, de couchers de soleil flamboyants, ne pouvaient trouver mieux qu'en cette petite île inconnue.

« Que vais-je faire maintenant ? » se demanda-t-elle.

Son avion ne partait que lundi, et on était seulement vendredi. « Ce ne sont pas les occupations qui manquent à Londres ! Je peux flâner dans les magasins, commencer mes achats pour Noël, admirer mes tableaux préférés à la National Gallery... »

— Tâche de revoir tes amis, lui avait dit sa tante.

Mais ses amis d'autrefois lui semblaient faire partie d'une autre vie. Une page était tournée...

Elle ouvrit son sac et y trouva un petit volume relié en cuir. Luke... Profiterait-elle de ce séjour à Londres pour aller dans le Norfolk ? Elle savait bien que oui. Bien sûr, elle n'irait pas sonner à la porte de Luke. D'ailleurs, cette visite inattendue ne lui ferait certainement pas plaisir... Mais elle tenait à voir son village, sa maison. Peut-être réussirait-elle ainsi — enfin ! — à conjurer les fantômes...

Moins de deux heures plus tard, au volant d'une voiture de location, Catherine quittait Londres. Elle n'avait pas besoin de vérifier l'adresse de Luke : celle-ci demeurait gravée dans sa mémoire.

Elle dut cependant consulter la carte à plusieurs reprises en cours de route. Et bientôt, elle se trouva dans le comté du Norfolk.

« A cette époque de l'année, il n'y a plus de primevères dans les prés », songea-t-elle avec nostalgie.

Les champs avaient été labourés pour l'hiver et leurs sillons parallèles faisaient penser à du velours côtelé. Bientôt — trop tôt —, elle aperçut le clocher trapu d'une église autour de laquelle se blottissaient quelques toits. L'un d'entre eux était peut-être celui de Curlieus...

Une bruine légère brouilla le pare-brise. Catherine se pencha en avant, cherchant parmi les différentes manettes celle qui actionnait l'essuie-glace. Elle ne vit pas le panneau signalant le danger, et quand elle arriva devant le virage en épingle à cheveux qui précédait un pont étroit en dos-d'âne, il était trop tard...

Le choc la projeta en avant. Sa ceinture de sécurité céda et son front heurta violemment le pare-brise. Elle demeura immobile pendant quelques instants, fixant ses mains crispées sur le tableau de bord. « C'est quand je me suis arrêtée pour prendre une tasse de thé... » se dit-elle. « En reprenant la route, je n'ai pas dû attacher ma ceinture correctement... »

Ses jambes la portaient à peine mais elle s'obligea à sortir de voiture pour constater les dégâts. L'avant du véhicule s'était encastré au coin du parapet en pierre et l'une de ses roues se trouvait à seulement quelques centimètres du vide. Les essuie-glaces continuaient à balayer régulièrement le pare-brise...

« Au moins, j'ai trouvé la bonne manette ! » se dit-elle, en proie à un fou rire nerveux.

Elle réussit à se calmer. Mais maintenant, ses dents s'entrechoquaient et ses mains tremblaient.

— Le froid... Oui, bien sûr, c'est le froid !

Elle enfila sa veste en fourrure et regarda autour d'elle. Une petite pluie fine continuait à tomber, noyant le paysage de grisaille. Oh ! Que n'aurait-elle donné pour se trouver à des milliers de kilomètres d'ici...

Hélas, elle devait faire face à la situation. Le plus urgent était de trouver un garagiste. S'il ne pouvait pas réparer la voiture dans l'après-midi, elle devrait passer la nuit au village. Serrant les dents, luttant contre un terrible mal de tête, elle s'empara de son sac de voyage et continua la route à pied.

La propriétaire du *Taureau Noir*, l'unique *pub* du village, l'accueillit sans manifester le moindre étonnement. On aurait cru que tous les jours, de jolies filles venaient lui demander une chambre... Celle qu'elle proposa à Catherine était charmante... mais glaciale ! La jeune fille s'approcha de la glace et souleva ses cheveux pour découvrir sur son front un énorme hématome déjà bleu. Elle s'assit au bout du lit et mit l'édredon sur ses genoux. Elle continuait à trembler de manière incoercible...

Il lui était rarement arrivé de se sentir aussi seule, presque abandonnée... Qui savait où elle se trouvait en ce moment ? Personne !

« Je devrais prendre de l'aspirine », se dit-elle. Maladroitement, elle renversa son sac et se mit en devoir de ramasser les objets qui s'étaient éparpillés en tous sens. Elle demeura en arrêt, le livre de Luke à la main. Si, elle connaissait quelqu'un dans ce village perdu ! Soit, il la méprisait. Soit, il la haïssait... Mais pourquoi était-elle venue jusqu'ici, si ce n'était pas avec l'intention plus ou moins consciente d'aller le trouver ? Et elle avait quelque chose à lui apprendre ! Quelque chose qui l'amuserait certainement...

Voyons, que lui avait dit la propriétaire du *Taureau Noir* ? Ah oui ! La route après l'église, au bout du village... Et elle ne tarderait pas à voir l'allée de Curlieus.

Il ne pleuvait plus. Entre les rafales de vent, elle entendait le bruit de la mer. D'un bon pas, elle s'engagea dans une longue allée bordée de rhododendrons. Elle aperçut bientôt, au milieu de pelouses soigneusement entretenues, une vaste maison ancienne recouverte de vigne vierge et de rosiers grimpants. Curlieus...

Elle sonna et s'éclaircit la gorge tout en révisant mentalement son petit discours. « Luke, je ne veux pas vous déranger, mais je me sens si seule ! Acceptez-vous d'oublier, le temps d'une soirée, tout ce qui nous sépare ? Tâchons de ne nous rappeler que des bons souvenirs ! Par exemple, le jour où je vous ai donné un coup de pied et où vous m'avez jetée à l'eau... »

Mais personne ne répondit à son coup de sonnette. Luke n'était pas chez lui... Les larmes aux yeux, elle s'apprêta à faire demi-tour. A ce moment-là, un gros chien noir bondit au coin de la maison en aboyant furieusement. Une jeune femme apparut derrière lui.

— Jasper ! appela-t-elle.

Après un dernier grognement, le chien se tut. Sa maîtresse le retint par son collier et, assez embarrassée, Catherine s'approcha. Elle regrettait maintenant de s'être lancée dans une telle aventure...

— Puis-je vous renseigner ? demanda la jeune femme.

— Je... je cherche M. Devinish.

— Venez donc !

Elle la fit entrer par une porte de côté. Dans la demeure, une douzaine de chiens de toutes races, se précipitèrent vers la jeune fille.

Le mal de tête de Catherine ne cédait pas. Elle adressa un sourire poli à son hôtesse.

— Vous aimez les chiens...

« Oh ! Quelle réflexion banale ! » songea-t-elle.

— Je les adore ! Ils sont tellement plus sympathiques que les êtres humains ! N'est-ce pas votre avis ?

Que répondre à cela? Un sourire figé aux lèvres, Catherine s'assit sur le canapé.

— Je vous laisse un instant, déclara la jeune femme. Je vais tâcher de le trouver...

Elle ne tarda pas à revenir.

— Mon mari arrive tout de suite...

— Votre... votre mari!

Ainsi, Luke était marié, comme elle l'avait soupçonné à plusieurs reprises. Désespérée, elle baissa la tête. Comment aurait-elle maintenant le courage de lui faire face?

Soudain la porte s'ouvrit et Luke apparut. Oui, c'était bien Luke... Et en même temps, ce n'était pas lui. On aurait cru qu'il avait rajeuni et que toute son arrogance avait disparu. Après avoir jeté un bref coup d'œil à Catherine, il éclata de rire.

— Je crois que vous cherchez l'autre Devinish... Mon cousin Luke! C'est bien cela, n'est-ce pas?

Catherine hocha affirmativement la tête. Elle n'osait pas parler car elle craignait que sa voix ne trahisse son désarroi. Tous ces coups de théâtre l'un après l'autre... c'était trop!

— Oh, je suis navrée! s'exclama la jeune femme. John était à la maison et j'ai cru que c'était lui que vous vouliez voir.

— Je... je ne comprends pas, balbutia Catherine. Je... je croyais que Luke habitait ici...

— C'est exact!

— Cette maison appartenait aux parents de Luke, expliqua-t-elle. Mais ils la lui ont offerte en cadeau de mariage... John et moi n'occupons que cette aile. Luke habite le corps de bâtiment principal avec Sally.

En cadeau de mariage... Sally... *Pour Luke, avec tout mon amour. S.*

Catherine saisit son sac et se leva brusquement.

— Attendez! intervint John Devinish. Luke a dû se rendre à Londres mais il ne devrait pas tarder...

— Je... je regrette, mais je n'ai pas le temps d'attendre...

Elle s'empressa de prendre congé. Sur le seuil, elle tendit le petit ouvrage relié en cuir à la jeune femme.

— Puis-je vous demander de lui remettre ceci? Merci... Non, il n'y a pas de message.

Sans trop savoir comment, elle réussit à regagner le *Taureau Noir*. Elle monta dans sa chambre et se jeta sur le lit. Sa tête lui faisait de plus en plus mal...

Pour Luke, avec tout mon amour. S.

Elle s'était rendue absolument ridicule! Que lui restait-il à faire maintenant? Rien ne l'obligeait à rester dans ce pub. Elle n'avait qu'à payer sa chambre et partir. Soit, sa voiture demeurait inutilisable... Mais le garagiste accepterait sûrement de la conduire jusqu'à la ville la plus proche. Et de là, elle prendrait le train pour Londres...

Hâtivement, elle refit son sac de voyage. Sa tête continuait à bourdonner douloureusement et un brusque vertige la saisit. Elle avait besoin de respirer un peu d'air frais. Après, tout irait mieux... Elle réussit à aller jusqu'à la fenêtre qu'elle ouvrit en grand.

En bas, il y eut un bruit de voix, puis quelqu'un monta l'escalier quatre à quatre. « Il y a des gens pressés... » songea-t-elle.

Sa porte s'ouvrit brusquement. Et Luke apparut.

10.

Sans la quitter des yeux un seul instant, Luke claqua la porte derrière lui et s'y adossa.

— Euh... Bonjour, Luke...

Il la fixait toujours en silence, le visage dur. Et quand il se décida enfin à parler, sa voix semblait venir de très loin.

— Tiens, tiens... Catherine Hartley! Je me doutais bien que c'était vous!

Quand elle était allée à Curlieus, elle n'avait pourtant pas donné son nom...

— Comment avez-vous deviné? s'étonna-t-elle.

Il eut un demi-sourire.

— Je ne connais pas beaucoup de filles aux cheveux couleur miel, aux yeux d'or et au bronzage insolent... C'est ainsi que vous a décrite mon cousin. Vous l'avez complètement ébloui, ce pauvre homme! Pat ferait bien de se méfier et de lui consacrer un peu de l'attention qu'elle réserve à ses chiens...

La vision de Catherine se brouilla.

— Que faites-vous ici? demanda-t-il brusquement.

— Eh bien, j'ai eu un...

— ... un accident. Oh, je suis au courant!

Il vint s'asseoir à côté d'elle sur le lit.

— J'ai vu votre voiture chez Turner, le garagiste... Alors vous avez encore essayé de vous rompre le cou? Si vous étiez tombée à l'eau, le courant vous aurait emportée...

Il changea brusquement de sujet:

— De toute manière, vous ne pouvez pas rester ici!

— Je... je n'en ai pas l'intention. Voyez-vous, je venais tout juste de terminer...

— Après avoir fait un pareil voyage, vous n'avez même pas eu la patience de m'attendre? demanda-t-il. Vous n'aviez aucune envie de me voir, n'est-ce pas? Après avoir confié mon livre à Pat, vous vous êtes enfuie comme si vous aviez le diable aux trousses!

S'il était en colère, Catherine ne l'était pas moins. Et à quoi s'attendait-il? A ce qu'elle aille trouver sa femme? « Bonjour, madame Devinish. Je voudrais voir votre mari dès son retour... Je suis amoureuse de lui, vous comprenez? »

J'étais! se dit-elle rageusement.

Elle trouva la force de se lever.

Arrange-toi pour te débarrasser de lui! fit une petite voix intérieure. Dis-lui que tu iras le voir demain matin à Curlieus. Et dès qu'il aura quitté le *Taureau Noir*, tu demanderas un taxi... et tu te feras conduire loin, très loin d'ici!

Il se mit debout à son tour.

— Vous n'allez pas rester ici! Je vous emmène à la maison...

A la maison... Ces trois mots avaient une consonance magique. Catherine ferma les yeux et tenta de refouler les larmes qui lui piquaient les yeux. Il ne fallait pas qu'elle se mette à pleurer maintenant, sinon Luke se sentirait obligé de la consoler...

— Non! déclara-t-elle en rouvrant les yeux.

Elle avait essayé de parler avec fermeté, tout en soutenant son regard. Mais c'était difficile parce que quatre Luke se tenaient soudain devant elle. Et tous les quatre la fixaient avec froideur...

Un petit rire nerveux la secoua. Elle se pressa les tempes. Une douleur presque intolérable lui labourait le crâne. Oh! Pourquoi Luke se montrait-il si dur, alors que c'était la dernière fois qu'elle le voyait? Cela lui rappelait un autre jour tout aussi terrible... Quand? Où? Soudain, la mémoire lui faisait défaut. Elle tendit les mains dans un geste suppliant et Luke — un seul Luke, cette fois! — se précipita vers elle.

— Vous êtes malade! Pat m'a dit que vous aviez l'air un peu bizarre... Et selon Turner, vous auriez reçu un coup sur la tête!

Il la prit dans ses bras et l'étreignit avec tant de force qu'elle pouvait à peine respirer. Puis, très doucement, il l'étendit sur le lit et lui posa la main sur le front. Un instant plus tard, il descendait l'escalier comme un fou, tout en appelant à cor et à cri la propriétaire du *Taureau Noir*.

Catherine n'avait pas la force de se lever. C'était si bon de se reposer enfin... Puis Luke l'enveloppa dans quelque chose de doux et de chaud... Catherine entendait des bribes de conversation.

— Je demanderai à Barnes de vous rapporter demain

votre édredon... Une chance que j'ai pris la Range Rover...

— Heureusement que vous êtes venu, monsieur Devinish... Je n'avais pas la moindre idée... Si j'avais pu deviner que vous la connaissiez...

Catherine se trouva soulevée sans effort par une paire de bras solides.

— Téléphonez au Dr Brooks... Un coup sur la tête... Une légère commotion due au choc, je pense... Quelques meubles anciens se détachaient sur les murs clairs, ainsi qu'un tableau impressionniste représentant une femme en robe blanche au milieu d'un champ de coquelicots. Sa chambre était harmonieuse et paisible, un havre de détente.

Un médecin arriva en fin d'après-midi et examina longuement la jeune fille. Il refermait son sac quand Luke arriva, vêtu d'un pantalon en velours côtelé beige et d'un pull en fine laine noire. Dès qu'elle l'aperçut, Catherine sentit son cœur se contracter douloureusement.

Il lui adressa un bref coup d'œil.

— Alors? Comment va-t-elle? demanda-t-il au médecin.

— Elle a encore mal à la tête. Mais à part cela, tout va bien: tension, température, etc... Le bon air du Norfolk y est certainement pour quelque chose. A moins que ce ne soient vos tendres soins, Luke?

— Ne vous laissez pas prendre à son apparence délicate! Elle est très solide...

— Elle pourra se lever un peu plus tard, reprit le médecin. Si elle y tient, qu'elle prenne un bain chaud. Mais qu'elle ne passe pas plus de deux heures en bas! Il faut qu'elle se remette au lit très tôt.

Il toisa Luke.

— Une bonne nuit vous ferait du bien à vous aussi, surtout après celle que vous venez de passer !

Ils sortirent ensemble et continuèrent à discuter sur le palier. Quelques bribes de leur conversation parvinrent jusqu'aux oreilles de Catherine : « Deux malades... » Puis : « Sally... »

Voilà pourquoi la maison était si tranquille ! La femme de Luke était souffrante, elle aussi ! Elle devait probablement garder la chambre et c'était la raison pour laquelle Luke n'avait élevé aucune objection quand le médecin avait permis à Catherine de descendre ! Il savait que les deux femmes ne risquaient pas de se rencontrer en bas !

« Je ne peux pas rester ici ! » songea-t-elle. « Il faut que je parte ! A tout prix ! » En chancelant, elle descendit l'escalier et entra dans le grand salon.

Mais la porte s'ouvrit brusquement et Luke réapparut.

Il approcha un confortable fauteuil près de la cheminée. Catherine s'y laissa tomber. Soudain, ses jambes lui semblaient en coton... Elle ne s'était donc pas encore assez reposée ?

Luke attisa le feu et une gerbe d'étincelles jaillit. Il demeura appuyé au manteau sculpté de la cheminée. Son visage restait sombre, ses yeux lointains. Catherine, qui espérait retourner à Saint-Hilaire avec de merveilleux souvenirs de ce tête à tête, regrettait déjà d'être descendue. Elle n'aurait pas dû quitter sa chambre...

— Vous avez toujours mal ? lui demanda-t-il.

— Oh ! Non... Seulement à l'endroit de l'hématome. A part cela, je suis complètement remise. Je pourrai partir demain...

— Que diriez-vous d'une tasse de thé? Mme Barnes nous a préparé un plateau et elle serait très vexée si nous n'y faisions pas honneur!

Il disparut et Catherine se renversa dans son fauteuil, les yeux à demi-clos. « Ne pense pas à demain! » se dit-elle.

Elle jeta un coup d'œil autour d'elle. Jusqu'à présent, trop consciente de la présence de Luke, elle n'avait prêté aucune attention à ce qui l'entourait. Elle se trouvait dans une vaste pièce aux proportions harmonieuses, décorée de meubles anciens de prix. Elle s'approcha du grand piano couvert de partitions — surtout du jazz. Au hasard, elle choisit l'une d'elles et, d'un doigt, déchiffra les premières notes.

— Vous jouez du piano? s'enquit Luke, tout en disposant un plateau sur une table basse.

Elle fit une petite grimace.

— Comme pianiste virtuose... J'ai appris mes notes, mais cela n'a jamais été plus loin. Et vous?

— Oh! Un peu... Voulez-vous que je vous joue quelque chose?

Il prit place devant le clavier et chercha parmi les partitions. Catherine s'assit sur l'accoudoir d'un fauteuil et l'observa. Une mèche sombre était tombée sur son front et elle résista à l'envie de la rejeter en arrière...

Le feu crépitait. Dans le halo d'une lampe, ils semblaient si proches l'un de l'autre que la jeune fille eut soudain l'impression d'étouffer. Terrassée par l'émotion, elle se redressa.

— Non, ne jouez rien!

Luke lui adressa un coup d'œil surpris.

— Vous... vous allez déranger votre femme, balbutia-t-elle. Elle est malade, n'est-ce pas?

— Que voulez-vous dire, Catherine ?

Elle sentait son regard posé sur elle mais elle n'osa pas relever la tête.

— Votre femme... Elle est malade. J'ai entendu le médecin... Et quand je suis venue ici hier, l'épouse de votre cousin a dit...

— Qu'a dit Pat ?

Il la lâcha brusquement.

— Qu'a-t-elle dit ? répéta-t-il d'un ton dur.

Catherine le regarda entre ses cils baissés. Il se tenait devant la lampe, cachant la lumière, et elle ne voyait plus qu'une silhouette sombre, menaçante...

— Eh bien...

La femme de Luke était peut-être très gravement atteinte ? Voilà pourquoi il n'avait pas le courage d'en parler.

Il la secoua sans douceur.

— Pour l'amour de Dieu, Catherine !

Elle prit une profonde inspiration. Il lui semblait soudain extrêmement important de rapporter à Luke les mots exacts de Pat.

— Elle m'a dit que vous habitiez à côté... avec Sally.

Au lieu de se fâcher, il se laissa tomber sur le tabouret du piano et éclata de rire. Stupéfaite, Catherine le contemplait avec des yeux agrandis.

— C'est donc si drôle ? lança-t-elle sèchement quand il se calma enfin. Eh bien moi, je ne trouve pas !

Il se remit à rire.

— Oh ! Catherine ! Comme vous êtes sotte !

Il la prit par la main et l'entraîna.

— Venez ! je vais vous présenter Sally.

Il l'emmena dans une grande cuisine.

Elle comprenait de moins en moins. De nouveau, il se moquait d'elle. A quel jeu jouait-il, cette fois? A l'autre bout de la pièce, Catherine aperçut soudain un labrador couleur sable, pelotonné dans un panier d'osier. Ce fut seulement quand elle s'agenouilla près de lui qu'elle vit les chiots.

— Oh! Comme ils sont mignons!

Il s'agenouilla à côté d'elle.

— Je vous présente Sally...

La stupeur la rendit muette pendant quelques instants. Enfin, elle retrouva sa voix.

— Pourquoi la femme de votre cousin m'a-t-elle fait croire que...

Elle laissa sa phrase en suspens. Mais il y avait une note de ressentiment dans sa voix. Luke se remit à rire.

— Je n'étais pas là et j'ignore donc ce qu'elle a pu vous dire exactement. Cependant, il suffit de la voir pendant cinq minutes pour comprendre qu'elle préfère les bêtes aux hommes! A-t-elle seulement parlé de moi? Je suis sûr qu'elle trouve Sally beaucoup plus digne d'intérêt!

Son expression changea.

— Mais comment avez-vous pu en arriver à une telle conclusion?

— Euh... A cause de votre livre. Ce livre de poèmes de John Donne, vous savez... *Pour Luke, avec tout mon amour. S.* Alors je... j'ai fait le rapprochement, termina-t-elle avec un sourire d'excuse.

— Bien sûr, le livre...

Sa voix changea.

— Sally a mis bas hier. C'était la première fois et je tenais à être sur place. Mais tout s'est bien passé, n'est-ce pas ? dit-il à la chienne en lui grattant le sommet de la tête.

— Je suis navrée, Luke..., murmura-t-elle. J'avais tout compris de travers et je me suis rendu ridicule. Parce que si vous aviez vraiment eu une femme...

Elle lui jeta un rapide coup d'œil et s'étonna de lui trouver ce visage aussi sombre.

— Oh ! J'ai encore dit une bêtise !

— Pas du tout. Comment pourriez-vous savoir ? Oui, j'ai été marié. Pendant dix ans ! Ma femme...

— Je vous en prie ! coupa-t-elle. Ne continuez pas...

Soudain elle avait peur de ce qu'elle risquait d'entendre.

— Cela ne me regarde pas... ajouta-t-elle

— Mais je tiens à vous mettre au courant !

Le visage de Luke avait changé et Catherine le sentait soudain loin. Très loin...

— J'avais fait la connaissance de Sara à Oxford... Oui, S. comme Sara... Nous étions tous deux passionnés de théâtre. Vous avez d'ailleurs eu un aperçu de mes talents ! commenta-t-il, ironique. Sara m'a littéralement ébloui. Elle était très belle, avec une espèce de personnalité flamboyante. A côté d'elle, toutes les autres semblaient insignifiantes... Vous savez maintenant que je possède une certaine fortune ?

Elle hocha la tête affirmativement.

— Surtout grâce à mon père, un homme d'affaires hors pair, poursuivit-il. Donc Sara se voyait déjà riche et faisant partie du *jet-set* international... Or je n'avais aucune intention de dépenser l'argent de mon père, et si je faisais des études de droit, c'était pour ouvrir un cabinet d'avocat. Sara n'a pas voulu me croire quand je lui ai fait part de mes projets d'avenir.

Avec amertume, il poursuivit :

— Elle était incapable de comprendre... Elle menait une existence très agréable entre Curlieus et Londres mais son rêve était de vivre comme une princesse. Des voyages, des amis riches, de somptueuses réceptions, etc... Moi, j'avais vu tout cela quand j'étais enfant. Non, merci !

Il y avait tant de souffrance dans sa voix que, sans réfléchir, Catherine posa la main sur son épaule.

— Sara devenait de plus en plus difficile. Elle prétendait que je cherchais à l'étouffer... Elle avait un certain talent de comédienne et a commencé à jouer ici et là.

— J'avais très envie d'avoir des enfants mais pour elle, il n'en était pas question. Nous nous sommes disputés. Furieuse, elle est allée assister en France à un festival du cinéma. Là-bas, elle a rencontré un play-boy prétendant être metteur en scène... Elle n'est revenue ici qu'une fois, entre deux avions. Le temps de prendre ses valises et de me faire une dernière scène. Puis elle a suivi son play-boy à Miami, avec l'intention de divorcer, de se remarier et de devenir la star du siècle...

— Le metteur en scène ? interrogea Catherine dans un souffle. Est-il très connu ?

Luke eut un sourire amer.

— Son nom devrait vous être familier. Brannan... Vince Brannan.

11.

Catherine sursauta.

— Brannan... de Brannan International ?

— Exactement. Le fils du vieux Brannan... Sara l'a considéré comme un passeport pour accéder enfin à la vie dont elle avait toujours rêvé.

Le cœur de Catherine se serra. Luke parlait d'un ton bref, presque désinvolte. Mais sous ce laconisme, elle devinait tant de souffrance...

— Je l'ai revue à Miami, poursuivit-il, toujours de la même voix sèche. Elle avait déjà demandé le divorce... J'ai aussitôt télégraphié à mon cabinet en leur disant de se débrouiller sans moi pendant un certain temps. Puis j'ai acheté un vieux voilier et je suis allé jusqu'aux Barbades, où habite Steve Bennet. Il m'a parlé de tous ses problèmes : il voulait acheter une petite plage à Saint-Hilaire mais Brannan s'y intéressait aussi... Brannan ? J'étais prêt à tout pour leur nuire. Bennet et moi avons donc mis au point le scénario du squatter... et vous connaissez la suite !

145

Un silence pesa. Catherine était reconnaissante à Luke de lui avoir raconté tout cela. Elle comprenait maintenant les raisons de son étrange conduite. Les pièces du puzzle tombaient enfin en place...

— Catherine?

Surprise par sa gravité soudaine, elle leva la tête vers lui. Alors il lui prit les mains et plongea son regard dans le sien.

Puis il la prit par la taille et lentement, délibérément, laissa ses lèvres errer sur sa bouche avant de descendre dans son cou, sur sa gorge... La jeune fille frissonnait des pieds à la tête.

— Cathy? interrogea-t-il d'une voix mal assurée.

Mais ils n'avaient plus besoin de mots pour poser des questions ou pour y répondre. Le message éternel venait de passer entre eux...

Avec une infinie douceur, il la souleva et l'étendit sur le canapé. L'instant d'après, il était à ses côtés... Une joie intense la submergeait. Son corps et son esprit s'accordaient pour lui dire que tout cela était bien, que tout cela était normal... Parce qu'elle l'aimait. « Surtout, ne pense pas au lendemain! » se dit-elle.

Il se laissa emporter par le torrent de la passion, la laissant très loin en arrière...Relevant la tête, il la contempla sans mot dire.

— Merci, murmura-t-il enfin.

— Merci pour quoi? fit-elle très bas.

— Vous le savez... Mais je m'en veux. Si j'avais su, j'aurais été plus patient, je vous aurais attendue, je...

Il lui prit la main et déposa un léger baiser au creux de sa paume. Puis avec une infinie tendresse, il prit tout son temps pour la caresser, jusqu'à ce que de nouveau, le

146

désir l'embrase. Cette fois, le torrent l'emporta elle aussi. Et elle oublia tout le reste...

Haletants, épuisés, ils restèrent ensuite longtemps blottis dans les bras l'un de l'autre. Catherine entrouvrit les yeux et contempla d'un air égaré le décor qui l'entourait. « A partir de maintenant », songea-t-elle, « plus rien ne sera pareil. »

Il faisait grand jour quand Catherine s'éveilla en bâillant. Tout de suite, elle se retourna, s'attendant à trouver Luke à ses côtés...

Hélas, il n'y avait personne... C'était un peu comme si tout cela n'avait été qu'un rêve. Oh ! Luke... Son cœur se serra. Avant, elle croyait l'aimer. Mais maintenant...

Son regard tomba sur le réveil et elle sursauta. Onze heures ! Elle se dressa sur le lit. Pourquoi Luke ne l'avait-il pas réveillée, au lieu de s'éclipser furtivement, comme s'il voulait la fuir ?

Le son des cloches parvint jusqu'à elle, mêlé aux cris des mouettes. Les cloches... Mais oui, on était dimanche, aujourd'hui ! En hâte, elle prit une douche avant d'enfiler un jean blanc et un chandail en mohair rose vif. Puis elle descendit.

Mais la grande maison était vide et silencieuse. Elle s'adossa au mur du salon, les yeux soudain brouillés de larmes. Elle devinait sans peine ce que signifiait l'absence de Luke. Il ne l'aimait pas. Jamais il ne lui avait dit : « Catherine, je vous aime. » Certes, il était attiré physiquement par elle, mais cela n'allait pas plus loin.

Désespérée, elle s'enfuit sur la route et aperçut les prés qui, au printemps, se couvraient de primevères... « Tigresse... » Non, elle ne devait pas penser à tout cela !

Il fallait qu'elle aille au garage et qu'elle récupère sa voiture.

Une voiture arrivait derrière elle et elle se réfugia sur le bas-côté pour la laisser passer. Le véhicule s'arrêta dans un hurlement de freins. Une portière s'ouvrit et Luke bondit. Affolée, elle regarda autour d'elle, se demandant désespérément où fuir... Jamais Catherine ne lui avait vu un visage aussi furieux.

— Où allez-vous?

— Au garage, évidemment.

A sa grande surprise, il éclata de rire.

— Je ne vois pas ce qu'il y a de si drôle! remarqua-t-elle d'un air sombre.

Elle reprit son sac et poursuivit sa route. Luke la rejoignit en quelques enjambées.

— Ce qu'il y a de drôle, c'est que vous lui tournez le dos, au village! Vous allez en direction de la mer, en ce moment...

— Montez!

— Non!

— Montez, sinon j'emploie la manière forte!

Elle lui fit face. Mais la lueur qu'elle vit briller dans ses yeux ne lui dit rien de bon et elle préféra obéir. La voiture repartit vers la mer. Pas vers le village... La route se terminait près d'un ruisseau serpentant entre les roseaux. Luke coupa le moteur et l'on n'entendit plus que le bruissement des roseaux.

— Pourquoi m'avez-vous amenée ici? demanda Catherine.

Pourquoi ne pas l'avoir laissée tout simplement partir? A quoi bon prolonger cette torture? Jouait-il de nouveau à l'un de ses jeux cruels?

— J'ai à vous parler.

— Où alliez-vous? redemanda-t-il.

— Je vous l'ai déjà dit: chercher ma voiture.

Il fixait un point à l'horizon, droit devant lui.

— Ne vous faites pas de soucis, Luke! Je suis capable de deviner à demi-mot...

— Deviner quoi?

— Ce matin, quand je me suis réveillée, vous n'étiez plus là... Alors j'ai compris.

— Mais quoi? Ne me dites pas! Laissez-moi deviner... Vous vous êtes dit que je regrettais ce qui s'était passé et que je ne voulais pas vous revoir?

— Vous saviez bien que je partais aujourd'hui. Et comme vous n'étiez même pas là pour me faire vos adieux...

— A peine avais-je le dos tourné que vous en profitiez pour vous envoler en direction de Saint-Hilaire!

— Mais où étiez-vous passé?

— J'ai encore eu un téléphone de Linda! Hystérie, menaces de suicide, bref, le grand jeu! J'avais bien envie de lui répondre vertement, mais sait-on jamais, avec les personnes dépressives? Vous dormiez si paisiblement que j'ai cru avoir largement le temps de courir chez elle pour voir ce qui se passait. Et que se passait-il? Figurez-vous que Roger, son pauvre mari, vient de découvrir qu'elle a eu l'année dernière une liaison explosive avec son associé! Il était prêt à tuer tout le monde: Linda, l'associé, etc... J'ai réussi enfin à les calmer. Et quand je rentre à Curlieus, c'est pour m'apercevoir que vous avez disparu avec armes et bagages! Heureusement que votre sens de l'orientation n'est guère développé, sinon je n'aurais jamais eu l'occasion de vous le dire.

— De me dire quoi?

Il lui prit les mains.

— Mais que je vous aime, évidemment.

Lentement, très lentement, elle se tourna vers lui. Il la contemplait avec une telle chaleur et une telle tendresse qu'elle se sentit fondre.

— Vous... vous ne m'aimez pas, balbutia-t-elle. Ce... ce n'est pas possible!

— Ne vous l'ai-je pas prouvé ce matin?

Il lui embrassa la main en souriant. Et soudain, elle se sentit si légère et si heureuse qu'elle eut l'impression de boire du champagne.

— C'est vrai, admit Luke. Je vous désire comme un fou, mon adorée!

Il lui caressa les poignets.

— Tout a commencé lors de notre première rencontre à la plage de Corail... J'étais assailli par des pensées tristes. Et soudain, levant les yeux, j'ai vu une femme... ravissante. Vous paraissiez lumineuse... Par la suite, chaque fois que le hasard nous a remis en présence, j'avais bien du mal à combattre l'attraction que j'éprouvais pour vous. Après tout, vous étiez la propriétaire de la plage que nous voulions acheter! Et moi, je m'étais promis de ne plus jamais faire confiance à une femme... J'essayais de me convaincre que je ne vous aimais pas, qu'il s'agissait seulement de désir. Je me disais que vous n'étiez qu'une jolie fille aussi cupide et aussi dépourvue de scrupules que mon ex-femme! Puis j'ai eu la dengue et vous m'avez soigné... La *briseuse d'os* me terrassait, mais ce n'était rien à côté de la fièvre qui s'emparait de moi chaque fois que je vous voyais... Quand vous m'avez parlé de la mort de vos parents, oubliant la promesse

150

faite à Steve, j'ai failli vous mettre au courant de notre complot...

— Mais à l'aéroport...

— A l'aéroport, j'espérais que vous alliez venir vers moi. J'aurais su alors si vous m'aimiez... Je vous avais vue garer votre voiture sur le parking. Vous étiez si belle dans cette robe couleur aigue marine... Vous ne m'aviez pas aperçu et au moment où je m'apprêtais à vous rejoindre, Nick Alvarez est apparu... Oh! J'aurais été capable de vous tuer tous les deux à ce moment-là! Parce que *lui* ne vous méritait pas, et parce que *vous* vous moquiez de moi...

Il surprit son expression.

— Oui?

— C'était pour vous que j'étais venue, fit-elle d'une voix mal assurée. J'ignorais que Nick prenait cet avion, lui aussi...

Ils avaient tant souffert, ils avaient perdu tellement de temps... Et tout cela, pour rien! Tout cela, à cause d'un quiproquo stupide! Leurs yeux se rencontrèrent. La même émotion se lisait dans leurs prunelles.

— Il n'y avait rien entre vous et Nick? J'en étais persuadé! Au *Lord Nelson*, tout le monde semblait penser que...

— Il s'agit d'une vieille histoire! fit Catherine avec un sourire attendri. Une passade d'adolescente...

— Eh bien moi, j'étais convaincu que vous ne songiez qu'à ce bon à rien! Voilà pourquoi je vous ai caché mes sentiments.

Une lueur anxieuse passa de nouveau dans ses yeux.

— Vraiment? Ce n'est pas pour vous jeter dans les bras de Nick que vous êtes si pressée de retourner à Saint-Hilaire?

— Je doute qu'il m'accueille les bras ouverts! s'exclama-t-elle d'un ton plein de malice. Et sa femme encore moins... Parce que j'ai oublié de vous faire part de la nouvelle hier soir! Nick est marié depuis déjà deux mois.

Elle éclata de rire.

— Vous ne voulez pas savoir qui il a épousé?

— Seigneur! Serait-ce... Mandy?

— Tout juste!

Il se joignit à son hilarité.

— Eh bien, j'espère qu'ils seront très heureux...

Après une pause, il reprit la parole. Cette fois, son ton était plus grave.

— J'ai du mal à comprendre... Comment un rapace comme Alvarez n'a-t-il pas tout fait pour épouser la riche héritière que vous étiez devenue?

— Oh! C'est simple...

Avec un sourire, elle s'adossa à son siège.

— Je ne suis pas une héritière! Un peu avant la signature de l'acte, des élections ont eu lieu à Saint-Hilaire et le nouveau gouvernement a décidé d'interdire toute spéculation sur les ventes de terrain. J'ai touché exactement la somme que mon père avait déboursée pour acheter ces parcelles... Pas un sou de plus!

— Vous auriez pu faire appel...

— Non. Même mon oncle s'est résigné... A contrecœur, bien entendu! Oh! Cela nous a fait un choc, je l'admets! Pourtant nous sommes loin d'être dans le besoin. A propos, figurez-vous que les bungalows de ma tante ont tant de succès que mon oncle pense en faire construire une demi-douzaine de plus. Il veut fermer son cabinet pour se consacrer à cette nouvelle activité. Ce qui n'enchante guère ma tante!

Son visage s'assombrit.

— Moi, ce que je regrette surtout, c'est de ne pas avoir pu mener mes projets à bien. Avec une partie de cet argent, j'avais l'intention d'offrir à l'hôpital un nouveau service de nursery, avec des chambres destinées aux mamans des enfants malades. Enfin...

Luke lui caressa la joue.

— Mon pauvre amour, comme je vous avais mal jugé... Me pardonnerez-vous jamais ?

Toute vibrante d'amour, Catherine lui embrassa la main.

Tout en fermant la voiture à clé, il demanda d'un ton neutre :

— Venez, reprit-il. Je vous emmène voir la plage. A propos... Aurez-vous assez avec cinquante mille ?

— Cinquante mille ? répéta-t-elle sans comprendre.

— Livres sterling. Pour votre projet à l'hôpital de Port Charlotte... Ce sera mon cadeau de mariage !

Elle noua ses bras autour du cou de Luke et, se haussant sur la pointe des pieds, l'embrassa. Alors il la prit par la taille et la fit tourner autour de lui avec un grand rire joyeux.

— Allons, venez !

Main dans la main, ils coururent vers le sentier qui longeait le ruisseau et arrivèrent bientôt devant les dunes. Luke l'entraîna jusqu'au sommet de l'une d'entre elles. Hors d'haleine, elle s'appuya contre lui.

La longue plage de sable pâle semblait s'étendre à l'infini. Très loin, on apercevait la mer, couleur argent sous le ciel gris. Soudain, le soleil perça entre les nuages et tout le paysage — la mer, le sable et le ciel —, se transforma en un énorme globe de lumière opalescente.

Luke ne la quittait pas des yeux.

— Cela vous plaît?

— Oh! C'est tellement beau...

Elle respira à pleins poumons l'air iodé.

— Saint-Hilaire ne vous manquera pas trop? interrogea Luke en fronçant les sourcils.

Elle lui prit les mains.

— Je mentirais si je prétendais que non... Après tout, j'ai vécu là-bas pendant dix ans! Mais ces derniers temps, Saint-Hilaire ne représentait plus rien pour moi. Parce que vous n'étiez pas là.

Luke l'étreignit à l'étouffer.

— J'ai tellement peur que vous vous sentiez malheureuse, loin de votre île!

Elle comprit sans peine qu'il redoutait de la voir partir, elle aussi...

— Il n'existe au monde qu'un seul endroit où je veuille être, Luke. Avec vous...

Elle prit une profonde inspiration et ouvrit les bras comme pour embrasser tout le paysage. Une paix profonde l'envahit.

— J'ai l'impression d'avoir vécu ici depuis toujours...

Luke retint sa respiration en lui voyant ce visage radieux. Il la reprit dans ses bras.

Le vent s'éleva et quelques grains de sable leur fouettèrent le visage. Deux oiseaux de mer tournoyaient au-dessus de leurs têtes.

— Venez..., fit Luke dans un souffle. Rentrons à la maison.

Du nouveau chez Harlequin!

Trois grandes collections font peau neuve
avec un nouveau nom et une nouvelle couverture…

Collection Harlequin devient

COLLECTION AZUR

6 titres
par mois

…tendre et envoûtante.

Séduction devient

COLLECTION OR

2 titres
par mois

…intense et palpitante.

Tentation devient

COLLECTION ROUGE PASSION

4 titres
par mois

…sensuelle et provocante.

Disponible en magasin dès maintenant.

Composé par Eurocomposition, Sèvres
Achevé d'imprimer en juillet 1988
sur les presses de l'Imprimerie Bussière
à Saint-Amand-Montrond (Cher)
pour le compte des éditions Harlequin

N° d'imprimeur : 4858 — N° d'éditeur : 2154
Dépôt légal : août 1988

Imprimé en France